Birgit Zorer **Das geflügelte Herz**

Birgit Zorer

Das geflügelte Herz

Begegnungen mit
Pir Vilayat I. Khan

Für meine Tochter Ruth

Umschlag: Jojo-Productions, Lörrach
unter Verwendung einer Fotografie von
Sophia Bertelsen

Herstellung: Books on Demand GmbH, Norderstedt
Printed in Germany

Die Deutsche Bibliothek – CIP-Einheitsaufnahme

Zorer, Birgit:
Das geflügelte Herz/
Begegnungen mit Pir Vilayat I. Khan

ISBN 3-8311-2828-6

INHALT

Leitmotiv: Der Spiegel

Wenn ein Sufi-Meister eine Schülerin wirklich angenommen hat, sie zum Lehrling und Gesellen macht, dann gibt er weniger eine Lehre, er gibt sich selbst. Er "poliert das Herz" (Suhrawadi) der Berufenen und macht es zu einem "Spiegel", damit Licht das Licht spiegelt, das Herz die Welt. Bei der Lektüre dieses Buches wird man darum immer wieder auf das Symbol des Spiegels stoßen: als Metapher in den Gedichten, häufiger aber in der Weise der Begegnungen.

Pir spiegelte auch meine inneren Prozesse der Idolisierung und der Abwehr gegenüber dem gleißenden Licht der Wahrhaftigkeit, eine der Haupttugenden, die es auf diesem Weg des Herzens zu entwickeln gilt.

Der Lehrer lehrt durch sein vorbildhaftes Wesen. Er schafft die Gelegenheit für Erlebnisse der Reinigung und Selbsterkenntnis, welche die Schülerin mitfühlender und weiser werden lassen, bis sie eines Tages - nach der Konfrontation und Annahme ihrer dunklen Seite, mit der sie nun in wissender, humorvoller Beziehung steht - stark genug ist, ihrerseits zu "spiegeln".

"Herr, Du kommst in der Gestalt
des Heiligen auf die Erde,
um den Menschen zu erlösen.
Geliebtes Ideal, zeig Dich mir
in Menschengestalt !"

Pir-o-Murshid Hazrat I. Khan

"Wenn du Gott oder den Lehrer suchst, so sei versichert, dass sie auch dich mit einer Sorgfalt suchen werden, die größer ist als du dir jemals vorstellen kannst."
(Ramana Maharshi)

Das Lager der Adler

Kopfschüttelnd stehe ich mit meinem Weltreisegepäck in karstiger Landschaft. Die "Téléférique de la Flégère" hatte mich in 2000 Meter Höhe gebracht und war wieder hinuntergerasselt, dem Touristenparadies Chamonix entgegen. Kein Schild weist den Weg ins "Camp des Aigles", der spirituellen Sommerschule des Sufi-Ordens des Westens.

Linde, eine österreichische Freundin, hatte geschrieben: Ich fahre im Sommer in ein Sufi-Camp. Es nennt sich "Lager der Adler" und befindet sich oberhalb von Chamonix. Komm doch mit!

Die geborgte Nepal-Treck-Ausrüstung und lange Semester-Ferien erlauben es, mich auf vier Wochen Zelt-, Berg- und Meditationserfahrung einzurichten. Mit meinem bis unters Dach beladenen alten VW-Käfer hatte ich am Vortag nach zwölf Stunden Fahrt eine Bergsteigerunterkunft bei Chamonix erreicht und war bei Sonnenaufgang einer Welt der Gletscher, türkisfarbenen Seen und des ewigen Schnees entgegengeschwebt.

Nun stehe ich ratlos auf der Plattform der Bergstation. Da entdecke ich auf einem Granitfelsen ein Zeichen: ein geflügeltes Herz, darüber einen Pfeil, der geradewegs in den Himmel zu weisen scheint. Während ich überlege, welche Gepäckstücke ich vorläufig zurücklasse, greifen zwei Paar Hände zu und ein unbeschwertes junges Pärchen trägt mir gut gelaunt meinen schweren Koffer und die prall gefüllte Reisetasche in das noch einige hundert Meter weiter und höher gelegene Lager.

Erschöpft lasse ich meine Zeltausrüstung auf den Boden gleiten. Ich habe nicht mehr die Kraft, sie die letzten ausgehauenen Stufen ins Camp zu tragen und schleppe mich zu einer verfallen wirkenden Steinkate, in der ich den "Empfang" vermute. Es ist die Campküche und hier erhalte ich eine erste Tasse heißen Getreidekaffee, an dessen reizlosen Geschmack ich mich noch werde gewöhnen müssen.

Im Schutz und Halbdunkel des Esszeltes beobachte ich das Treiben im Lager, das sich vorwiegend auf einem großen quadratischen Platz vor der Steinhütte abspielt. In seiner Mitte die schwarzen, kohligen Reste einer riesigen Feuerstelle. Ein exotisch aussehender Hippie schmiedet geflügelte Herzen aus Silber, das Symbol der Sufis. Auf einer Holzplattform macht ein zartgliedriger Jüngling schwebende Tai Chi-Übungen; skandinavische Wikingertypen, Riesen mit blonden Zöpfen und verfilzten Bärten, zimmern und reparieren an den alten Armeezelten, in denen gegessen und geschlafen wird.

Kaum jemand trägt Schuhe. Wohin ich blicke, dunkelbraune bis schwarze Füße und bunte Kleiderfähnchen, während ich mich in den neuen Jeans und geborgten Bergschuhen angemessen ausstaffiert wähne.

Neben mir wird gedeutet: "Kein Wunder, du hast Jupiter auf der Sonne, du bist geradezu dazu disponiert, einem geistigen Lehrer zu begegnen!"

Habe ich nicht auch Jupiter neben der Sonne in meinem Horoskop?

Fast empfinde ich - als ehemalige Stewardess und Studentin aus bürgerlichem Milieu - das alles als eine Art Kulturschock. Spätestens am Abend, als ein riesiges, loderndes Lagerfeuer entzündet wird, um das ekstatisch zu wilden, schnellen Geigenrhythmen getanzt wird, die eine Chinesin ihrem Instrument entlockt und zum Tamtam einer Handtrommel, die ein älterer Amerikaner schlägt, welcher piratenhaft ein rotes Tuch um seine weißen Haare geschlungen hat, bezweifle ich, mich jemals in dieser Blumenkinderwelt heimisch zu fühlen und baue mein Zelt gar nicht erst auf. Morgen werde ich wieder abreisen.

Nach einer schlaflosen Nacht im Gemeinschaftszelt warte ich am nächsten Tag Lindes Ankunft ab, um ihr meinen Entschluss mitzuteilen. Ein junger, abreisefertiger Berliner hält mich davon ab. Er überlässt mir seinen Zeltplatz oberhalb des Camps zwischen liegengebliebenen Schneefetzen und blühenden Alpenrosen und beharrt: "Warte doch erst einmal ab, bis Pir Vilayat wiederkommt. Mach' ein Retreat* mit ihm. Dann entscheide!"

Das Sufi-Camp bietet ein vielseitiges Programm: Hatha-Yoga, Unterricht in der althebräischen Kabbalah, Sufi-Tänze, Mantrensingen und in dieser Woche: tägliche Unterweisungen in den tibetischen Buddhismus durch Lama Chime Rinpoche.

* Retreat: Rückzug aus dem Alltag, um spirituelle Anweisungen zu erhalten bzw. Übungen zu machen

Seine humorvolle, jungenhafte Art zu unterrichten, gewinnt sofort die Sympathie der Teilnehmerinnen und die erste Woche im Adlerlager verfliegt wie ein Tag.

Am Ende der Unterweisungen bietet Lama Chime Interessierten eine Transmission an, eine Übertragung von geistiger Energie. Ich erlebe, wie ein Seminar-Teilnehmer nach dem andern mit glücklichem Gesicht das kleine weiße Zelt verlässt, in dem sich der Tibeter befindet.

Meine Erwartungen sind hochgespannt, habe ich doch zuvor das I Ging* gefragt, was das für mich bedeuten wird und 57. Das Sanfte, der Wind, erhalten: Fördernd ist es, den großen Mann zu sehen; man bemüht Priester und Magier in großer Zahl. Kein Makel. Kein Anfang, aber ein Ende. Überprüfe, welche Richtung der Besserung einzuschlagen ist. Erst eine Woche später werde ich wissen, welche Richtung ich einschlagen werde. Vorerst fiebere ich der Begegnung mit Lama Chime entgegen. Als ich dann aber das Innere des Zeltes betrete, weicht die erregte Stimmung einer kühlen Beobachtungshaltung. Ich registriere nüchtern die brennende Kerze in der Mitte des kahlen Raumes, sehe den Lama mit geschlossenen Augen im Halbdunkel sitzen, knie vor ihm und schließe ebenfalls die Augen. Weil ich nicht so recht weiß, was nun geschehen soll, leiere ich in Gedanken vorbereitete Wünsche:

Ich möchte eine gute Christin sein.

Ich möchte die Menschen lieben können.

Ich möchte wissen, worin meine Aufgabe in diesem Leben besteht.

Ich möchte weitergeben, was immer ich erhalte.

* I Ging: 4000 Jahre altes chinesisches Weisheits- und Orakelbuch

Tiefes Schweigen, in dem ich versuche, mich auch von Wünschen freizumachen; dann höre ich: "Peace and confidence with you." Die Stimme des Lama klingt von weit her. Ich schlage die Augen auf und blicke geradewegs in die nun geöffneten des tibetischen Lehrers. Ein Gefühl der Freundschaft keimt in mir auf, doch der junge Lama scheint zugleich in unendliche Ferne gerückt, als hätte gar kein Seelenkontakt stattgefunden. Lama Chime Rinpoche verneigt sich mit dem Zeichen des Abschieds; ich erwidere und verlasse mit hängenden Flügeln und den schweren Schritten der Enttäuschung das Zelt. Linde eilt auf mich zu und berichtet von den "wunderbaren Schwingungen", die auf sie übertragen worden waren. Der Lama hatte zu ihr gesagt: "Du hast es verstanden." Ich bin todunglücklich bei dem Gedanken, dass dieser wunderbare Mensch, ein reinkarnierter Lama, mich nicht zu erreichen vermochte. Sollte mir gezeigt werden, dass dies nicht meine religiöse Orientierung, nicht mein Weg ist? Ich frage das I Ging. Die Antwort deutet vielleicht auf Pir hin, den ich erst am nächsten Tag kennen lernen werde:
19. Die Annäherung: Herablassung eines Höheren gegen die Tieferstehenden. Der Weise ist unerschöpflich in seiner Bereitschaft, die Menschen zu belehren. Gemeinsame Annäherung. Heil! Alles ist fördernd. Da man sich in der Lage befindet, von oben her zum Herbeieilen angeregt zu sein und da man in sich selbst die Stärke und Konsequenz besitzt, die keiner Warnung bedarf, so hat man Heil. Auch die Zukunft braucht einem keine Sorgen zu machen. Alles ist fördernd. Darum wird man rasch und brav und kühn die Lebenswege wandern.

"Der sanft wehende Wind
entfacht die Flamme in meinem Herzen"
(Hazrat I. Khan)

Pirs Erscheinen im Camp

Ich hatte keine Vorstellung: weder vom westlichen Sufismus* noch von seinem Lehrer Pir Vilayat Inayat Khan, als ich im Sufi-Lager eintraf. Ich wusste nichts über Pir*, ob er Europäer, Inder, Araber oder Perser ist. Ich hatte nicht danach gefragt, war ich doch einzig in diese Höhe gereist, um eine ungewöhnliche Zeit in einer ungewöhnlichen Umgebung zu verbringen.

Meine Enttäuschung über die wirkungslose Transmission bei Lama Chime sitzt so tief, dass ich am liebsten abfahren möchte, doch die Neugier auf den Pir ist stärker. Der Sufi-Lehrer war für eine Woche nach Abode/USA geflogen und wird nun zurückerwartet, um erst ein deutsch-, dann ein englisch-französischsprachiges Retreat zu leiten.

Niemand spricht hier vom "Meister", wie ich das von Schülern indischer Gurus gewohnt war, die ich bisher kennen gelernt hatte. Niemand raunt: "Der Meister hat gesagt...", "Der Meister wird bald eintreffen." Es heißt schlicht: "Pir kommt."

Und plötzlich ist er da. An einem Montagmorgen sehe ich ihn auf das weiße Rundzelt zugehen: Ein König! in rost-

* Sufismus/Pir: siehe Ende des Kapitels

farbenem Wollgewand, auf dem Kopf einen hohen Derwischhut, langes graues Haupt- und Barthaar, in das drei Zöpfe geflochten sind. Eine Erscheinung aus einem orientaischen Märchenbuch: vornehm und von edler Schönheit.

Ich kann mich des starken Vorbehaltes nicht erwehren, der in mir aufsteigt. Einen solchen Menschen habe ich noch nie gesehen. "Er wird sehr eitel sein", argwöhne ich und beginne sofort, Wachposten zu beziehen.

Pir lässt eine Wasserschale herumreichen. Die Retreatteilnehmerlnnen reinigen sich symbolisch, indem sie ihre Hände eintauchen und ihre Gesichter benetzen. Dann spricht Pir ein Gebet und zieht mit dem kleinen Trupp Waghalsiger, Neugieriger, Wissensdurstiger - überwiegend junge Leute - durch Nebelschwaden hindurch in ein noch höher gelegenes Lager. Es besteht aus einem winzigen Küchenzelt, einer grobgezimmerten Toilette - zwei Löcher dicht nebeneinander in einem Brett - und einem Armeezelt, in dem wir bei Regenwetter unterrichtet werden. Aber in dieser ersten Woche des deutschen Retreats haben wir herrliches Wetter.

Ich bin ununterbrochen am Mitschreiben, was Pir uns vermittelt über alchemistische Prozesse der Psyche und Übungen, die einen ständigen Perspektivenwechsel voraussetzen. Ich erfahre in dieser Weise von den unterschiedlichen Schwerpunkten der esoterischen Lehren der Weltreligionen und wenn ich auch vorerst wenig verstehe, spüre ich doch mit jeder Faser meines Wesens, dass ich mich "zu Hause" fühle: ganz dicht unterm Himmel.

Über uns kreisen Adler, Murmeltiere zwitschern, Legionen von Grillen wippen auf den Alpenblumen und harten Grashalmen. Um uns das majestätische Massiv des Mont Blanc mit seinem Hofstaat, vor uns ein Fürst, für mich ein Weiser aus einem "fernen Land", der uns einführt in ein Wissen, das mich fasziniert, dem ich atemlos lausche.

Immer wieder unterbricht Pir seinen Vortrag und schickt uns zur Meditation in die felsige Landschaft, wo wir in uns hineinlauschen sollen. Aber das mächtige Rauschen des nahen Gletschers ist stärker und die wirbelnden Gedanken: "Unglaublich; ich bin hier und erlebe etwas ganz Seltenes, Wunderbares. Ich weiß noch nicht genau, was es ist, aber ich bin überglücklich."

Mein Argwohn Pirs Schönheit gegenüber ist verflogen. Bisher glaube ich, aus seinem Mund nicht einmal das Wörtchen "ich" vernommen zu haben. Er spricht voll tiefer Bewunderung von den großen Meistern und Stiftern der Weltreligionen und von seinem Vater Pir-o-Murshid Hazrat Inayat Khan.
Und mir wird bewusst: Pir hat "es"! "Es" ist genau das, was ich möchte. Noch kann ich diesem "Es" keine bestimmte Qualität zuordnen, dennoch bin ich sicher: "Das" ist es, und er hat "es"!

Die Woche des deutschen Retreats, in der nur Pir spricht, verfliegt gleich einem kurzen, intensiven Traum. Wir steigen wieder hinab zum Lager, dessen Geräusche: Lachen, Singen und Musizieren wie durch Schleier zu uns gedrungen war.
Dann heißt es: "Wer will, kann zum Darshan* in Pirs Höhle kommen", und so stehe ich zur frühen Morgenstunde vor

* Darshan: Persönliches Gespräch mit dem Lehrer; darśana: Gott immer und überall schauen

zwei riesigen Granitblöcken, die ein gewaltiges Naturereignis zusammengeschoben hat, so dass sie eine Höhle bilden. Ich öffne eine kleine Holztür, die gleich wieder hinter mir zufällt und stehe im Dunkeln! Ein schmaler, immer enger werdender Gang führt hinab ins Finstere, geradeaus und weiter nach unten. Es ist, als ob ich beim Hindurchzwängen an den engen Stellen des Ganges die "Maske" abstreife und "nackt" vor etwas noch Unbekanntes treten werde. Dann kommt eine Schrecksekunde lang ein Moment, wo alles beobachtende Denken stockt. Die Felswände zu beiden Seiten scheinen sich beklemmend zusammenzuschieben.

Entsetzt und mit der Kraft der Angst, ersticken zu müssen, zwänge ich mich durch einen schmalen Spalt. Da gibt der Gang mich frei, und ich stolpere in eine halbdunkle, grottenartige Höhle, die teilweise mit einer Zeltplane überdacht und umschlossen ist.

Ich schaue nach links und erblicke Pir, der von einem hellen Strahlenmantel umgeben ist:

"Christus! Schönheit!"

Während ich, auf einer lockeren Felsenplatte stehend, mit zusammengelegten Händen eine recht ungraziöse Verbeugung zustande bringe, spricht mich Pir auf Deutsch an: "Du bist es!" Er lächelt und weist auf einen mit Fell belegten Stein vor sich. Ich hocke mich recht unglücklich mit gespreizten Beinen auf die niedrige Bank und sprudele kurzatmig und mit klopfendem Herzen hervor: Please give me a Mantra.* I want to go the "broad way". *

* Mantra: heiliges Wort, das spirituelle Kraft besitzt

* the broad way: alle Religionen umfassend

Pir: "Ja, das ist Ihr Weg. Aber Sie brauchen viel inneren Frieden. Sie sind äußerst sensitiv und leiden sehr an der Umwelt, am Egoismus und der Rohheit der Menschen. Sie müssen die innere Einsamkeit suchen."

Bei diesem Gespräch erzähle ich Pir von meinem Studium, dass ich Kinder therapieren möchte, dass ich ein guter Christ sein möchte, dass mir aber alle Religionen gleichwertig sind. Pir gibt mir ein Wazifa*, das eine bestimmte seelische Qualität in mir wecken soll, die mir auf meinem Weg helfen wird und weist mich darauf hin, dass ich auf keine bestimmte Religion festgelegt sein muss. Die Religion des zukünftigen Menschen wird seine Gottverwirklichung sein.

Die beglückendsten Augenblicke sind die Momente des sich gegenseitigen Anlächelns. Ich vor Freude, er voller Liebe. Mein Herz singt! Und mein "Danke", begleitet von einer tiefempfundenen Verbeugung vor ihm, ist von bisher nie erlebter Verehrung.

Wie "auf Wolken" schwebe ich aus der Höhle ins Freie und die Nachwirkung des Darshans ist, dass ich spontan andere, mir fremde Menschen im Camp umarme. Die Hochstimmung hält leider nicht sehr lange an bzw. ich habe keine Gelegenheit, sie richtig auszukosten, sie nachklingen zu lassen. Das Aufheben des Schweigegebotes bewirkt ein Übersprudeln an Mitteilsamkeit. Das recht laute Leben im Camp und das mit Gier verschlungene Abendessen lässt in mir bald ein Gefühl der Erschöpfung und eine unerwartete Niedergeschlagenheit aufkommen.

* Wazifa: s. Mantra, s. S.17

Anhang zu "Pirs Erscheinen im Camp"

Der Sufismus entwickelte sich um die erste Jahrtausendwende vor dem Hintergrund des sich ausbreitenden Islam im Vorderen Orient.

"Eine besondere Ausprägung fand der Sufismus im Iran und in unter persischem Einfluss stehenden Gebieten. Dort entstand um 1100 und in den folgenden Jahrhunderten eine bedeutende sufische Literatur, die um das Geheimnis der absoluten Liebe kreist. [...]

Das Element reiner Gottesliebe – einer Liebe, die nicht nach Lohn und Strafe fragt – wurde von einer Frau, Rabi'a von Basra (gest. 801) eingeführt und blieb für die weitere Entwicklung des Sufismus zentral."

(A.Schimmel in "Lexikon der Religionen")

Das System, das Pir Vilayat vertritt, verkündet die vollkommene geistige Freiheit der Person, fern von Dogmen und Institutionen und erstrebt ein universales, alle Konfessionen transzendierendes Erlebnis der Einheit mit dem Göttlichen.

Das Symbol des Sufi-Ordens des Westens ist das geflügelte Herz, denn der Weg des Sufi ist der Weg des Herzens. Es vereint die beiden Schwingen Frieden und Freude, Leere und Fülle.

Pir Vilayat Inayat Khan, Sohn eines indischen Mystikers und einer Amerikanerin, stammt aus einer angesehenen indischen Musikerfamilie. Sein Vater Pir-o-Murshid Hazrat Inayat Khan, verließ seine Heimat im Auftrag seines Lehrers und gründete 1910 den Sufi-Orden des Westens, um den universalen Kerngedanken sufischer Mystik im Abendland zu verbreiten.

Pir Vilayat, 1916 in London geboren, wuchs in Suresnes bei Paris auf und studierte in Oxford und an der Sorbonne Psychologie, Philosophie und Komposition. Er folgte dem Wunsch seines früh verstorbenen Vaters und übernahm 1956 die Leitung des Sufi-Ordens.

Die Anrede Pir heißt: der Ältere und deutet auf einen Lehrer, der in der Lage ist, mit seinen Kräften Schüler/innen auf dem Weg zur Selbst- bzw. Gottverwirklichung beizustehen.

Jeden Sommer findet im Tessin das Sommercamp statt, in dem auch Lectures von Schulen anderer geistiger Richtungen gegeben werden.

"Unter dem Himmelsgewölbe sowie auf der Erde können für dich auch reine Freunde erscheinen, aber du hast mit einem alten Freund etwas vereinbart; erinnere dich an diese Vereinbarung!"
(Rumi)

Das zweite Retreat

Trotz meines plötzlichen Stimmungstiefs und der heraufziehenden Schlechtwetterfront am bisher wolkenlosen Himmel, beschließe ich noch eine weitere Woche zu bleiben, um am zweiten und letzten Retreat teilzunehmen, das von Pir in englischer und französischer Sprache geleitet wird.

Gleich am ersten Tag bricht das Unwetter los. Es gießt in Strömen und es wird blitzartig kalt. Dichtgedrängt sitzen wir in dem kleinen alten Armeezelt, die nassen Schuhe und Jacken um zwei Propangasöfen ausgebreitet und warten auf Pir. Dieser erscheint in einem dunkelgrünen Gummianzug, als sei er gerade vom Fischfang und von hoher See heimgekehrt. In Kürze verwandelt er sich wieder in den verehrungswürdigen Lehrer und beginnt sofort mit den Unterweisungen. Diesmal legt er eine besondere Betonung auf die Übung der Lichtmeditation und lehrt uns das Eintauchen in ein Lichtmeer, das dem sichtbaren Licht des Sternenhimmels zugrunde liegt und die Möglichkeit, sich selbst als "das Licht, das sieht" zu erleben. Auch, die Sterne nicht mehr als Kugeln physischen Lichtes zu betrachten, die die Manifestation eines dahinter verborgenen, unsichtbaren Lichtes sind, sondern als Erzengel mit einem leuchtenden Bewusstsein. Diese ungewohnte, aus der zarathustrischen

Religion stammende Betrachtungsweise des Alls als ein von geistigen Wesenheiten beseelter Kosmos, ist mir aus der anthroposophischen Lehre vertraut und befremdet mich daher nicht.

Und während wir eine Woche lang den schlimmsten Unbilden des Wetters ausgesetzt sind, der Sturm unsere winzigen, geduckten Campingzelte, sogar das große Rundzelt aus den Verankerungen gerissen hat und wir kaum noch über trockene Kleidung verfügen, meditieren wir unverdrossen auf Licht, unsere Aura, besuchen wir innere Lichtwelten.

Als zum Ende des Retreats der Donner verklungen ist, die Stürme sich legen und der Regen aufgehört hat, sind wir noch vollzählig, fallen uns - nach Aufhebung des Schweigens - in die Arme und feiern ein wirbelndes, jubelndes Fest um ein hoch loderndes Lagerfeuer.

Jeder Retreatteilnehmer hat danach noch einmal die Gelegenheit zu einem Darshan bei Pir. Und es heißt: "Pir gibt Einweihung."

Im "seelischen Gepäck" habe ich Ingrid mitgebracht, Patientin einer Psychiatrischen Abteilung der Frankfurter Uniklinik. Ich hatte mich dort während eines Praktikums mit dieser hochdifferenzierten Persönlichkeit angefreundet, deren Diagnose mit "Schizophrenie" etikettiert war. Aber es stellte sich nach etwa einem dreiviertel Jahr heraus, dass ich den Anforderungen einer solch fordernden freundschaftlichen Beziehung nicht gewachsen war. Als hätte er meine seelische Belastung hellsichtig erfasst, macht Pir in einem Vortrag das "Helfen" zum Thema:

"Wie wichtig ist es zu überblicken, wann es für einen Menschen ratsamer ist, sich selber zu helfen. Wie wunderbar aber ist es, in der Hilfe für einen Menschen Qualitäten zu entwickeln, die sonst brach gelegen hätten. Haben Sie aber auch den Mut zu dem Eingeständnis, wenn Sie keine weitere Hilfe leisten können, weil es über die eigenen Kräfte geht, so dass Sie sich fast wünschen, das Leid des anderen auf sich zu nehmen, um ihn endlich davon zu befreien, ehrlicherweise auch, um sich von dem anderen Menschen zu befreien."

Genau das waren meine Gedanken gewesen, die ich mit mir herumschleppte, nun sprach Pir sie aus! Ich will die Möglichkeit zu einem Gespräch mit Pir nutzen, um mit ihm über meine unglückliche Freundschaftsbeziehung zu sprechen. Ingrid war mir in der Nacht zuvor im Traum erschienen, hatte mir weinend Vorwürfe gemacht und mich immer wieder gefragt, warum ich mich derart von ihr zurückziehe. Ich bin ihr auch im Traum ausgewichen und habe mich einer Erklärung entzogen. In einem zweiten Traum träumte ich, dass ich im Besitze ihres Ausweises bin, der in einer schwarzen Hülle steckt. Wir wollen durch eine Art Passkontrolle, aber Ingrid wird die Ein- oder Ausreise verweigert. Es sei zu früh.*[1]

Zwar schreckt mich der Gedanke an eine Wiederholung des "Initiationsweges" durch den steinernen Geburtskanal sehr, aber ich will nicht ohne einen Rat nach Hause fahren. Mit Erleichterung stelle ich fest, dass Pir den Darshan in den vorderen Teil der Höhle verlegt hat, der nun beleuchtet ist. Beim Hineinschlüpfen in die Grotte höre ich Pir leise singen. Ich verbeuge mich mit vor dem Gesicht zusammengelegten Händen und setze mich in eine kleine Nische ihm gegenüber. Pirs weißes Haar und das ockerfarbene, wollene Gewand heben sich farblich eindrucksvoll von der grauen Felswand ab. Pir: "Wie schön, dass Sie noch geblieben sind. Welch eine Veränderung! Welch ein Licht! Jetzt strahlen Sie."

Ich erzähle von Ingrid. Plötzlich empfinde ich mein Fragen als überflüssig bzw. bereits beantwortet, und so erhalte ich nach verständnisvollem Zuhören dann auch den Rat, bald ein Gespräch mit der Freundin herbeizuführen.*[2]

Pir wechselt das Thema: "Ich habe in Rishikesh einen Guru verehrt und geliebt und sehr darunter gelitten, dass er so kühl zu mir war. Eines Tages habe ich ihn - in meiner Eitelkeit gekränkt - nach dem Grund gefragt und er antwortete mir, dass er jegliche Abhängigkeit bei seinen Schülern vermeiden will."

Nun erinnere ich mich plötzlich, dass ich - im Gegensatz zu anderen - immer das Gefühl hatte, während des Retreats besonders strenge, kühle Blicke von Pir erhalten zu haben. Warum aber erzählt er mir das? Ich bewundere ihn, aber von Liebe und Abhängigkeit kann ich keine Anzeichen in mir entdecken.

Danach kommt es zu folgendem Dialog, über den ich später noch oft kopfschüttelnd lächeln werde:
Pir: "Sie sollten eine kleine Meditationsgruppe bilden."
Ich: "Nein, ich bin zu sehr Einzelgängerin. Zum Glück werden mir immer die Menschen oder Bücher zugeführt, die mich weiterbringen."
Pir: "Ich würde auch am liebsten hier in meiner Höhle leben und ein Buch schreiben."
Dann: "Wollen Sie die Einweihung?"

[1]/[2] Ingrid hat sich später das Leben genommen, an dem Tag, an dem ich - endlich - anrief.

Ich. "Wie bitte?"
Pir: "Wollen Sie Sufi werden?"
Ich, plötzlich englisch sprechend und mit der Hand abwehrend: "Oh, no, there are so many other ways."
Pir: "Ich möchte Sie segnen."

Ich neige meinen Kopf und spüre die ausstrahlende Wärme seiner Hände darüber. Ich konzentriere mich intensiv auf diese Strahlung und da ich meine Augen geschlossen halte und kaum auf die Segensworte des Pir höre, merke ich nicht, dass er die Hände bereits zurückgenommen hat, als er noch einmal laut "Gottes Segen sei mit Ihnen!" betont. Beim Öffnen der Augen, entdecke ich, dass Pir sich wohl schon einige Zeit zurückgelehnt und leicht amüsiert mein lächelnd erhobenes Gesicht mit den geschlossenen Augen betrachtet hat. Nun muss auch ich über die Komik dieser Situation lachen.

Bevor ich den Gang betrete, der zur hölzernen Eingangstür führt, drehe ich mich noch einmal um und winke. Pir, der mir leicht vorgebeugt nachschaut, winkt lächelnd zurück.

Das unvermeidlich letzte Treffen mit Pir Vilayat im großen, wieder reparierten und aufgebauten Zelt ist gekommen. Zusammen mit allen Campbewohnern feiern wir ein letztes Mal die Universale Messe, in der Gebete der Weltreligionen und der Religion des Zarathustra gesprochen werden, aus ihren heiligen Büchern gelesen und Lieder und sakrale Tänze aus den verschiedenen religiösen Weltanschauungen gesungen und getanzt werden.

Zum Schluss trägt Pir ein mystisches Lied seines verstorbenen Onkels mit sehr viel Herz und Rührung vor. In diesem Lied gibt es eine so extrem hoch zu singende Stelle, dass Pirs Stimme daran zu scheitern droht und ich mir auf den Finger beißen muss, um nicht laut zu lachen. Das überreizte Lachen weicht sehr bald einem unterdrückten Schluchzen, das meinen ganzen Körper erschüttert und bei dem ich glaube, dass es mir die Brust, das Herz zerreißt. Linde ist schockiert. Wie kann man bloß so weinen, nur weil etwas zu Ende gegangen und vorbei ist! Der schmerzliche Gedanke, der dieses Weinen auslöste, aber ist: "Vielleicht werde ich Pir nie wiedersehen."

Träume

Während des Aufenthaltes im "Camp des Aigles" hatte ich mehrere bemerkenswerte Träume. Vor dem ersten Retreat träumte mir, ich stehe vor einem schlossartigen Gebäude, das zu einer Schule umgebaut werden soll. Durch die Fenster sehe ich bemalte Wände. Noch ist es ein Kindergarten. Ich weine herzzerbrechend über die bevorstehende Abrissarbeit.

Im Verlaufe des zweiten Retreats träumte mir: Ich sehe eine Baumkrone, in deren mittleren Astgabel ich das Gesicht einer uralten Frau erblicke. Ich weiß im Traum, dass dieses Gesicht doppelköpfig ist: Ein Kopf - unbestimmbaren Alters - ist dunkel, unsichtbar und identisch mit dem Stamm des Baumes. Nur das zweite, helle, schöne und junge Gesicht zeigt sich mir.

Den sicher bedeutsamsten und schicksalweisendsten Traum habe ich in der letzten Nacht im Camp: Auf einem kleinen Hügel am Meer reicht mir Pir eine Schale, aus der ich trinke:

Der Traum im "Camp des Aigles"

Ein Traum der letzten Nacht
im Lager der Adler
besiegelte mein Geschick.
Ich trank aus der Schale,
die mir der Lehrer reichte,
auf einer Anhöhe am Meer.

Das Schicksal entschied sich
im Lager des Adlers.
Pir Vilayat Khan, Fürst und Freund,
Lehrer der Religion der Religionen -
die Nähe zu ihm und zur Sonne
machten mich zum Falken,
an diesem Ort der Kraft.

Gelübde des Schweigens,
Tage des Lauschens.
Die Aristokratie der Berge
lehrte uns Demut
im weißen Zeltrund,
an dem zornige Stürme rissen.
Umhüllt von weißen Morgennebeln,
Schleiern zwischen Erde und Himmel,
unter gleißender Sonne im Zenit,
in frostiger Kälte der Nacht,
gewärmt nur vom Licht,
der Gegenwart des Lehrers,
saßen wir, entschlossene Seelen,
zu allem bereit.

Wirbelnde Seelen ums abendliche Feuer,
zur jauchzenden Geige,
dem dunklen Tamtam der Trommel.
Sufi-Tänze machten uns
zu kreisenden Planeten,
zu tönenden Sternen im All.

Wie die Zwergkiefer,
geduckt und windzerzaust,
war mein Gemüt.
Mir wuchsen Schwingen
mit Federn aus Stahl,
gefeit gegen Stürme, Schneegestöber,
grelle Blitze, grollende Donner.
Meine Sinne geöffnet für das Orgeln des Windes
in den hohen Felsspalten,
das Pfeifen und Brausen des Sturmes,
das Rauschen und Raunen des Gletschers,
für die Stille dahinter.

Der Lehrer wurde zum Gefährten.
Eigene Kreise ziehend,
lassen wir einander nie aus dem Blick,
nicht für einen Wimpernschlag
unserer scharfen Augen
beim Flug über türkisfarbene Seen,
kristallene Wüsten, über Schlangen
zwischen granitenem Gestein,
bereit
dem Ruf der Sonne zu folgen,
sich hineinzustürzen
in ihr alles verzehrende Feuer.

Schwester Jacobea

Die Téléphérique de la Flégère bringt Linde und mich hinunter in das 1000 Meter tiefer gelegene Chamonix. Nach drei Wochen Bergeinsamkeit tauchen wir nun ein in eine uns unwirklich erscheinende Welt: Eine wimmelnde Menschenmenge drängt rastlos in die unzähligen Souvenir- und Sportläden des Touristenortes. Für uns ein fast gespenstisches Treiben. Wir fühlen uns wie Zuschauer eines Stummfilmes, der im Zeitraffertempo abspult. Der Verkehr auf den südfranzösischen Straßen schärft unsere Sinne bald wieder für eine andere Realität. Unser Ziel in der Schweiz ist das Tibet-Institut bei Rikon, wo wir zwei Tage lang meditieren wollen. Das Institut erlaubt keinen weiblichen Übernachtungsbesuch, darum sind wir dankbar über die Gelegenheit, im Diakonissenhaus im nahen Winterberg zu logieren.

"Ohne vorherige Anmeldung keinen Zutritt", lesen wir am Eingang des Instituts und Klosters. Wir hatten uns nicht angemeldet und betreten etwas befangen den weißgetünchten nüchternen Zweckbau. Ein junger Lama begrüßt uns mit freundlich-sanftem Lächeln und gestattet, uns die nächsten zwei Tage im Tempelbereich im Inneren des Gebäudes aufzuhalten.

Kurz darauf sitzen wir vor einer hohen gerahmten Fotografie des 14. Dalai-Lama. An den Seitenwänden hängen herrliche kostbare Thangkas*. In Vitrinen ledergebundene

*Thangkas: Meditationsbilder

Bände in tibetischer Schrift, Nachdrucke seltener Folianten, die in Dharamsala aufbewahrt werden. Ein Mönch in weinrotem Gewand entzündet Butterlämpchen, winzige schwimmende Lichtpünktchen in kleinen silbernen Schalen. Er setzt sich zu drei Lama auf den Boden und stimmt ein in eine monoton klingende Litanei, die nur vom Klang einer bronzenen Handglocke unterbrochen wird.

Ein junger Europäer betritt den Tempelraum, entrollt eine Matte und beginnt sich unzählige Male niederzuwerfen.

Meine im halben Lotussitz verschränkten Beine schmerzen, bis ich sie überhaupt nicht mehr spüre. Eine schneeweiße Katze hat sich inzwischen wohlig schnurrend in meinen Schoß gelegt. Als weibliches Katzenvieh wird sie bald vorübergehend das Institut verlassen müssen, denn Abt Geshe Rabten wird sich für einige Tage im Kloster aufhalten. Eine Fliegenfamilie tummelt sich auf meinen nackten Armen und ein Blick auf Lindes geschlossene Augen lässt vermuten, dass es noch eine Zeit dauern wird, bis wir aufbrechen. Um mich abzulenken, versuche ich mich in kleinen Haikuähnlichen Verskreationen:

OM Mani Padme Hum
Eine weiße Katze
wärmt mir den Rücken

Der goldene Buddha lächelt
Fliegen paaren sich
auf meinen Knien

Schwester Jacobea, die Leiterin des Diakonissenhauses, beobachtet aufmerksam und mit lächelnder Zurückhaltung unser Interesse für den fernöstlichen Meditationsweg. Bei einem Gespräch mit ihr, in dem wir sie begeistert über die diversen Yogapraktiken aufzuklären versuchen, ruft sie aus: "Kinder, warum nur macht ihr solche Umwege? Warum nehmt ihr derartige Strapazen und auch Gefahren auf euch? Um zu Gott zu finden, damit Gott euch findet, braucht ihr doch bloß mit geöffneten Händen dastehen und bitten!"

Nach dem Abendgebet in der Kapelle des Diakonissenhauses darf ich mir ein Lied wünschen, das alle für mich singen werden. Spontan wähle ich "Lobet den Herrn" und noch nie habe ich dieses Kirchenlied mit einer solchen Inbrunst und Jubel singen gehört und gesungen.

Wir werden gebeten, ein paar Worte in das Gästebuch zu schreiben. Linde hat eine ganze Auswahl an Meister Eckhartscher Sprüche zur Verfügung. Ich greife hilfesuchend nach der Bibel, schlage sie auf und stoße "zufällig" auf den Psalm 23. Dann schreibe ich die Zeilen "... und werde bleiben im Hause des Herrn immerdar." Schwester Jacobea wird sie sicher verstehen.

Am nächsten Morgen schenkt sie mir zum Abschied folgendes Gedicht und umarmt mich dabei innig: Auf einer Karte mit einem Spruch von H. Jung-Stilling: "Es gefällt dem Herrn in der Nacht zu kommen, darum fürchte die Nacht nicht", hatte sie in sympathischer, feiner Schrift zwei Strophen eines Gedichtes von Samuel Preiswerk, dem Großvater C.G. Jungs, für mich abgeschrieben:

Die Sach ist dein, Herr Jesus Christ,
die Sach, an der wir steh'n;
und weil es deine Sache ist,
kann sie nicht untergehn.
Allein das Weizenkorn, bevor
es fruchtbar sprosst zum Licht empor,
muss sterben in der Erde Schoß,
zuvor vom eignen Wesen los,
durch Sterben los, vom eignen Wesen los.

Du gingst, o Jesus, unser Haupt,
durch Leiden himmelan
und führest jeden, der da glaubt,
mit dir die gleiche Bahn.
Wohlan, so nimm uns allzugleich
zum Teil am Leide und am Reich.
Führ uns durch deines Todes Tor
samt deiner Sach zum Licht empor,
durch Nacht zum Licht empor.

Die fünf letzten Verse der ersten Strophe hatte sie zart rot eingefärbt. Mir fällt die wiederholte Betonung "durch Nacht und Tod zum Licht" auf, aber ich bin so glücklich und beflügelt, dass ich die Karte zu meinen Reisenotizen stecke und erst einmal vergesse. Erst Jahre später wird mir die Bedeutung dieser mystischen Zeilen bewusst und ich denke noch heute mit Verehrung an das liebevoll-zurückhaltende, hellsichtige Verhalten der Diakonissin.

Die erste Einweihung

Ein halbes Jahr nach der Begegnung mit Pir Vilayat lerne ich meinen zukünftigen Mann kennen, schreibe meine Diplomarbeit in hochschwangerem Zustand und heirate nach dem Examen.

Vier Jahre später erscheine ich wieder im Sufi-Camp bei Château Queyras. Es heißt nun Camp Omega. Der Blick zu den weit entfernten Schneefeldern des Mont Blanc erinnert an das unvergessliche Erlebnis im "Lager der Adler".

Mein Vater liegt krebskrank im Sterben, meine Ehe ist inzwischen gescheitert und mein persönliches Wertgefühl hat in diesen wenigen Jahren tausend Tode erlitten.

Die erste Campwoche hat bereits begonnen. Es ist die Zeit vor dem 9 Uhr-Vortrag, als ich auf das mir vertraute weiße Rundzelt zutrete, das noch leer ist. Nur zwei Menschen befinden sich darin: Pir, der mir den Rücken zukehrt, ist in ein Gespräch mit einem Techniker vertieft. Plötzlich wendet er ruckartig den Kopf und erblickt mich, eine junge Frau, die am Rande des Zeltes steht und etwas enttäuscht die Atmosphäre des Adlerlagers vermisst. Später erfahre ich, dass das Camp oberhalb von Chamonix 1976 von einem Tag auf den anderen abgebrochen werden musste, weil die französische Polizei bei einigen Lagerbewohnern Drogen vermutete und fand. Für Pir war das ein großer, auch ideeller Verlust und nur durch die Fürsprache eines einflussreichen Freundes bekam er die Gelegenheit, seine Sommer-Universität auf dem Naturschutzgebiet um Château Queyras weiterzuführen.

Der Vormittagsvortrag beginnt. Ich kauere mich auf ein grob geschreinertes Bänkchen, friere entsetzlich. Jemand legt seinen Pullover um mich.

Pir beginnt mit einem tiefen Schweigen, in dem ich ihm "alles" erzähle: über meine misslungene Ehe, den Tod Ingrids, an dem ich mich mitschuldig fühle, das Sterben meines Vaters. Dann beginnt er über Partnerschaft zu sprechen und beschreibt sogar einige Partnerschafts-Atemübungen, die ich gar nicht erst notiere. Als Pir die Bemerkung macht, die er später noch einmal wiederholt: "Es ist erschütternd, wenn man einen Menschen nach ein paar Jahren wiedertrifft und alles frühere Strahlen ist erloschen. Er ist so enttäuscht über die Welt und die Menschen", beziehe ich das nicht auf mich, so stark ist der Verdrängungsprozess, so tief die seelische Wunde.

Am folgenden Tag trifft Linde im Camp ein. Auch sie hat inzwischen geheiratet und eine Tochter geboren. Ihr Ehepartner, ein liebenswerter Filmemacher, der für das Österreichische Fernsehen Filme esoterischen Inhalts dreht, begleitet sie. Es ist nicht zu übersehen, dass beide tief in einer Ehekrise stecken.

Was immer Pir in diesen Tagen über Partnerschaft vermittelt, es erreicht mich nicht. Überhaupt bin ich meinen ständig kreisenden, bedrückten Gedanken ausgeliefert und so ist schon bald der letzte Tag meines Campaufenthaltes gekommen, ohne dass ich überhaupt weiß, was ich während dieser Zeit aufgenommen habe. Dieser letzte Tag ist mein 36. Geburtstag. Von weitem schaue ich zu, wie Pir auf einem Hügel Einweihungen gibt, sehe, wie er den Schülerinnen in die Augen schaut, mit ihnen spricht und sie segnet. Plötzlich stehe ich am Fuße der kleinen Anhöhe und frage Pirs Begleitung, ob auch ich die Einweihung erhalten könne. Pir schaut mich an und fragt ohne jedes Lächeln: "Sie? Gut, kommen Sie nach dem Vortrag."

Und dieser einstündige Vortrag ist eine einzige Lektion über das, was Einweihung bedeutet. Bereitschaft, sich einer geistigen Führung zu überantworten, sie zuzulassen, tief in das Verständnis anderer Religionen einzudringen, in einer individuellen Form der Menschheit zu dienen und schonungslose Wahrhaftigkeit sich selbst gegenüber sind nur einige der Voraussetzungen, die an mein Ohr dringen, während ich gegen die Tränen ankämpfe. Ich befürchte, dass ich dazu noch nicht in der Lage bin und dass es unerträglich peinlich sein wird, Pir auf den Hügel zu folgen, um ihm dann zu sagen, dass ich es mir anders überlegt habe. Endlich ist der Vortrag vorbei.

Pir fragt mich beim Besteigen des Hügels: "Haben Sie es sich überlegt?" Ich nicke und stehe dann vor ihm, schaue in seine auf Unendlichkeit gerichteten Augen, verpflichte mich, alle Religionen zu ehren, dem Göttlichen zu dienen und fühle mich Lichtjahre entfernt von Pir, der nun mein Lehrer sein wird. Fast stolpern wir beide ein wenig, als wir den Hang hinuntersteigen, wo Pirs Sekretärin wartet, um ihn zu seinem Zelt zu begleiten, während ich zu meinem bereits bepackten Auto haste und denke: "Ich bin nun Sufi. Was ist das denn eigentlich?"

Aus: Der Weg der Einweihung und der Schülerschaft"
von Pir-o-Murshid Hazrat Inayat Khan (Bd. X, S.61- 70)

Es ist sehr viel über den Weg der Einweihung geschrieben und es ist sehr viel darüber gesagt worden; und die Leute, die mit verschiedenen Schulen des Okkultismus Kontakt hatten, haben diesen Weg unterschiedlich verstanden und haben infolgedessen unterschiedliche Vorstellungen davon, was Einweihung bedeutet. Aber tatsächlich bedeutet Einweihung einzig einen Schritt nach vorn. Wenn ich gebeten würde, die Bedeutung der Einweihung in einfachen Worten zu erklären: Ich würde sagen, dass es wie die Erfahrung eines Menschen ist, der nie schwimmen gelernt hat und schreitet zum ersten Mal in den Fluss oder ins Meer, ohne zu wissen, ob er imstande ist, an der Oberfläche zu bleiben oder ob er weggeschwemmt und ertrinken wird. Jeder Mensch hat in der einen oder anderen Weise eine Einweihung im weltlichen Sinne gehabt.

Aber Einweihung im wirklichen Sinne des Wortes, wie es auf dem geistigen Weg gebraucht wird, findet dann statt, wenn jemand obwohl er eine Religion und einen Glauben, eine Meinung und Vorstellung über geistige Dinge hat - spürt, dass er einen Schritt tun sollte in eine Richtung, die er nicht kennt; wenn er den ersten Schritt macht, ist dies eine Einweihung. [...]

Zweifellos kann jemand, der von Neugierde getrieben wird, in alles hineinspringen, aber für ihn ist es ganz einerlei, ob er eine Einweihung hat oder nicht. Doch für denjenigen, der Einweihung ernst nimmt, ist der erste Schritt der schwierigste.

Die ersten drei Einweihungen sind die ersten drei Schritte, die man mit der Hilfe eines Führers macht, den man mit dem

Sufi-Ausdruck einen Murshid oder Pir nennt, einen Lehrer. Es pflegt jemand zu sein, der auf dieser Erde lebt, ein menschliches Wesen, in denselben Bedingungen wie jeder andere, mitten im aktiven Leben stehend und allen Versuchungen, Kümmernissen und Schwierigkeiten unterworfen. Die Hilfe eines solchen Freundes ist der erste und wichtigste Schritt bei den ersten drei Etappen des Weges.

Wir können in den Traditionen zurückverfolgen, dass alle die Propheten, Meister, Heiligen und Weisen, wie groß sie auch waren, einen Einweiher hatten. Im Leben Jesu Christi lesen wir, dass er von Johannes dem Täufer getauft wurde und im Leben all der anderen Propheten und Lehrer gab es immer jemand, wie demütig, bescheiden oder menschlich, sehr oft in seiner Größe durchaus nicht vergleichbar jenen Propheten er auch sein mochte, der diese ersten drei Schritte mit ihnen machte.

Aber tatsächlich ist die Mutter der erste Einweiher aller Propheten und Lehrer in der Welt; kein noch so großer Prophet oder Lehrer oder Heiliger wurde je geboren, der zuerst allein, ohne die Hilfe der Mutter, laufen lernte.

Also taucht die Frage auf, wie man den echten Lehrer finden soll. Häufig kommt ein Mensch in dieser Welt, in der es soviel Falschheit gibt, mit einem falschen Guru in Kontakt. Aber gleichzeitig wird ein echter Sucher, jemand, der nicht falsch zu sich selbst ist, immer der Wahrheit, immer dem Echten begegnen, weil es sein eigener echter Glaube und seine Aufrichtigkeit im ernsthaften Suchen sind, die ihm zur Fackel werden. Der wirkliche Lehrer ist innerhalb und wenn man wirklich die Wahrheit sucht, wird man früher oder später sicherlich einen wahren Lehrer finden.

Derjenige, der sich davor schützen möchte, irregeleitet zu werden, zeigt eine gewisse Neigung, eine Art Schwäche, die daher kommt, dass er tief in seinem Inneren denkt, es gibt keine echte Führung. Wenn er erkennt, dass echte Führung in ihm selbst zu finden ist, wird er stets recht geführt werden. Der äußere Lehrer ist nur ein Zeichen.

Der nächste, der zweite Schritt in der Einweihung, besteht darin, durch die Prüfungen zu gehen, vor die der Lehrer einen stellt. Es gibt viele Arten von Prüfungen, denen der Lehrer seine Schüler unterziehen kann, um seinen Glauben, seine Aufrichtigkeit, seine Geduld zu prüfen. Bevor ein Schiff in See sticht, geht der Kapitän hin und versichert sich, dass für die Seereise alles in Ordnung ist; und das ist auch die Aufgabe des Lehrers. Außerdem ist der Weg der Mystik ein sehr verwickelter Weg. Was der Lehrer sagt, kann möglicherweise zwei Bedeutungen haben: eine äußere und eine innere Bedeutung. Was er tut, kann ebenso zwei Bedeutungen haben und jemand, der die Dinge äußerlich sieht, kann die innere Bedeutung nicht wahrnehmen. Weil er nur den äußeren Aspekt sieht, kann er Handlungen, Gedanken, Rede oder Bewegung seines eigenen Lehrers nicht verstehen. Auf diese Weise wird der Schüler geprüft.

So kann dem Schüler der Lehrer oft sehr unvernünftig, sehr wunderlich, sehr bedeutungslos, sehr unfreundlich und kalt und ungerecht erscheinen, und wenn während der Prüfungen der Glaube und das Vertrauen des Schülers nicht andauern, wird er von dieser zweiten Einweihung absehen; aber wenn der Schüler durch all dies hindurch aushält, kommt der dritte Schritt, die dritte Einweihung. Sie besteht aus drei Etappen: das aufmerksame Aufnehmen des Wissens; die geduldige Meditation über alles, was man aufgenommen hat, die verständnisvolle Aneignung all ihrer Ergebnisse.

Damit ist der Auftrag des Lehrers in dieser Welt vollendet. Die Dankbarkeit bleibt, aber die wichtigste Arbeit ist abgeschlossen.

Die vierte Einweihung erhält der Suchende in seinem Ideal. [...]

Es besteht in der Vorstellungskraft des Menschen. Er mag es Christus nennen oder Buddha, er mag es Mohammed oder Moses oder Zoroaster nennen; es ist sein Ideal; er ist es, der es geformt hat; es ist sein Erlöser und sicherlich wird es ihn erlösen, wenn er es für seinen Erlöser hält. Aber er muss dieses Ideal selbst machen, wenn er es nicht selbst macht, wird der Erlöser ihn nicht erlösen. Wenn er seinen Erlöser einmal gemacht hat, dann steht er Angesicht zu Angesicht jener Vollkommenheit gegenüber, die sein Herz erschaffen hat; dann wird dieser Eindruck von Christus oder Buddha, den er so tief in sich aufgenommen hat, blühen und zu einem Baum werden und die Blüten und Früchte tragen, nach denen er verlangt hat. Zweifellos ist diese Einweihung ein Phänomen an sich. Hat ein Mensch diese Einweihung einmal empfangen, beginnt er zu strahlen, er beginnt den Einweiher, den er als sein Ideal in sich trägt, auszustrahlen. [...]
(Aus: Sufi-Botschaft No 33, September 1987)

Astrologie

Eine 80-jährige Anthroposophin hatte in den vergangenen Jahren eine geistige Mäzenfunktion bei mir übernommen und mich in ihr umfassendes esoterisches Wissen eingeführt, wobei das Kennenlernen der astrologischen Deutungsmethode für mich das Faszinierendste und Überzeugendste werden sollte.

Bald stoße ich auf astrologische Literatur englischer und amerikanischer Psychotherapeuten, die mit den mir vertrauten tiefenpsychologischen Begriffen der Jungschen Schule arbeiten, und so beginnt sich mir ein Gebiet zu erschließen, das mich - im Vergleich zu anderen, auch psychologischen Deutungspraktiken - endlich zufrieden zu stellen vermag.

Astrologie: ein fesselndes, atemberaubendes System, das nach synchronistischem Prinzip funktioniert, das im Geburtsbild optisch die Vielschichtigkeit der Psyche darstellt, das die unterschiedlichen Ausdrucksformen bestimmter psychischer Kräfte wiedergibt, die Lebensbereiche, in denen diese sich bevorzugt verwirklichen wollen und Konfliktbereitschaften bzw. Wiederholungsmuster, die man mit einem Blick erfassen und bewusst machen kann.

Die Kenntnis meines eigenen Kosmo-Psychogramms lässt mich endlich aufatmen und bejahen, dass ich ein so "einseitiger" Mensch bin, dessen auffallender Bedürfnisschwerpunkt in einem Lebensbereich liegt, der zu tun hat mit weiten Reisen und dem Kennenlernen anderer Denksysteme und Weltanschauungen.

Gleich nach meiner Rückkehr vom zweiten Treffen mit Pir, den ich durch die Initiation als meinen spirituellen Lehrer angenommen habe, fertige ich sowohl ein Vergleichshoroskop mit Pir an, bei dem die beiden individuellen Geburtsbilder aufeinander projiziert werden, als auch ein Ereignishoroskop, das die Zeitqualität des Augenblicks widerspiegelt, währenddessen ich einen solch tiefgreifenden Entschluss für mein Leben gefasst hatte.

Im Vergleich mit Pir deuten zehn harmonische Konjunktionen* auf einen unmittelbaren psychisch-geistigen Kontakt und Austausch zu- und miteinander. Das ist wirklich einzigartig! Aber das astrologische Bild, das sich als Widerspiegelung der inneren Konstellation zum Zeitpunkt meines Ja-Wortes zu Pir ergibt, ist geradezu ein Phänomen. Jupiter, das Symbol des Lehrers, stand im Zenit, Saturn, als Symbol für Ernst, Dauer, Verantwortung, Alter, bildete am Firmament eine Konjunktion mit dem Kontaktsymbol Mondknoten und zugleich eine Konjunktion auf der gradgenauen Venus-Mars-Verbindung, die zwischen den individuellen Horoskopen von Lehrer und Schülerin vorliegt. Die saturnische Schwere und Ernst hatte ich ja während des Einweihungsaktes schmerzlich zu spüren bekommen. Mein Herz hatte diesmal nicht gesungen; diese Stunde war durchdrungen gewesen von einem ernsten Schicksalsgefühl.

* Konjunktion: Stellung von Gestirnen im selben Grad auf der Ekliptik

Die Karten lügen nicht

Soll ich mich endgültig von meinem Mann trennen, mit dem mich ein starkes, ungeklärtes psychisches Band zusammenknotet? In meiner Entscheidungsnot frage ich eine Kartenlegerin, die mir bestätigt, dass sich mein Leben grundsätzlich verändern werde. "Aber, da gibt es doch einen älteren Mann, der Ihnen hilft. Sie kennen ihn bereits. Er ist Ausländer." Mir fällt in diesem Moment niemand ein, auf den diese Beschreibung passt und wundere mich nur. Aber hatte mir nicht vor vielen Jahren eine sesshafte Zigeunerin aus der Hand gelesen, dass mich einmal ein wesentlich älterer Mann in meiner spirituellen Entwicklung fördern werde? Das hatte mich damals wenig interessiert, sondern einzig die Frage, ob ich einen Studienplatz erhalten werde, um rechtzeitig und risikolos meine Stellung bei einer Fluggesellschaft kündigen zu können.

Später - nach der Einweihung - "funktionieren" solche wahrsagerischen Nachfragen nicht mehr. Es ist, als sei dem ein Riegel vorgeschoben, als solle ich begreifen, dass ich mich meiner inneren Führung überantwortet habe, die sich nicht "in die Karten schauen" lässt, sondern bewusstes Entscheiden und Handeln im Hier und Jetzt von mir erwartet.

"Wer Gott liebt, hat keine Religion außer Gott. Die Schule der Liebe ist eine Schule aus Feuer, in der der Schüler langsam 'gekocht' wird, ohne Papier und ohne Buch die unmittelbare göttliche Weisheit lernt."
(Rumi)

Einheit

Im Spätherbst sehe ich Pir wieder. Er kommt zweimal im Jahr zu einem dreitägigen Seminar nach Deutschland. Es gibt auf dem Büchermarkt kaum westliche Sufi-Literatur, und so lausche ich völlig "unvorbereitet" Pirs Ausführungen über einen grundlegenden Begriff im Sufismus: über Einheit.

Alles ist Gott, von Ihm/Ihr* umgeben und durchdrungen. Und das höchstentwickelte Wesen auf dieser Erde, der Mensch, könnte Gott am vollkommensten zum Ausdruck bringen. Pir: "Gott schaut durch Ihre Augen, will sich in Ihnen erkennen und lieben. Je mehr Sie sich selbst erkennen, erkennen Sie Gott. Sie können gar nicht aus dem Göttlichen herausfallen, es existiert ja nichts anderes neben ihm. Sie müssen nur zulassen, geschehenlassen, damit er wirken kann. Und gleichzeitig haben Sie eine Du-Beziehung zu ihm. Es ist eine Liebesbeziehung. Sie erfahren in sich die zwei Pole einer Einheit. Und darin besteht die typische Sufihaltung: immer alles mindestens von zwei verschiedenen Perspektiven aus zu betrachten: aus der menschlichen und aus der kosmisch-göttlichen. Lernen Sie sich und das Geschehen auf der Erde

* Pir verwendet auch die weibliche Form

durch die Augen Gottes, aus einer kosmischen Dimension zu sehen. Und wenn Ihnen das noch nicht gelingt, dann denken Sie an den Traum des Chuang-Tse: Ihm träumte, er sei ein Schmetterling und als er aufwachte, fragte er sich, ob er nicht der Schmetterling sei, der träumt, er sei Chuang-Tse.

Versuchen Sie also ständig, Ihre Perspektive zu verändern. Empfinden Sie sich im Ärger Ihres Gegenüber, der Sie vielleicht verletzt hat und spüren Sie, warum er das getan hat; sehen und erleben Sie sich mit seinen Augen und Gefühlen. Empfinden Sie sich in einem Käfer, der schnell über einen Weg eilt, seien Sie der Weg, seien Sie im Stein, in dem es vibriert, in einem schneebedeckten Berggipfel, dessen Spitze den Himmel berührt, erspüren Sie seine Macht, das Leben in und auf ihm, erfahren Sie sich in einer Rosenknospe, entrollen, entfalten Sie sich in ihren zarten Blütenblättern. ..."

Plötzlich unterbricht Pir seinen Vortrag und schaut mir direkt in die Augen. Sein Blick bringt mich in den Raum, zu den Zuhörern, in meinen Oberkörper zurück, der sich fast in der Diagonalen befindet, als hätte er beim Lauschen mehr und mehr versucht, in den Lehrer hineinzukriechen. Das Thema Einheit hatte mich so in den Bann gezogen, dass ich für einen Bruchteil Zeit in einen Zustand eingetreten war, in dem ich nicht mehr die Worte hörte, sondern das Gesagte erfuhr, ohne eine Erinnerung davon mitzubringen.

Verwirrt und ein wenig verlegen lehne ich mich wieder zurück und schiele zu meiner Nachbarin, die mit geschlossenen Augen darauf wartet, dass Pir in seinem Vortrag fortfährt.

Die zweite Einweihung

Ein Jahr später.

Ich lebe nun von meinem Mann getrennt, aber immer noch in der Erwartung, dass diese räumliche Trennung uns einander wieder näher bringt. Sicher spielt auch ein gewisses Kalkül eine Rolle, sind doch meine Tochter und ich finanziell ganz und gar von ihm abhängig.

Inzwischen wohne ich in einem landschaftlich sehr schönen Schwarzwälder Tal, unmittelbar neben einem Frauenkloster und schaue von meinem Schreibtisch aus direkt in die Klostergärten. Auf den Hängen hat man gerade die Wiesen gemäht und die Nonnen verteilen mit großen Heurechen das Gras. In ihrem schwarz-weißen Habit ähneln sie einer Legion Pinguine.

Ich bepacke mein Auto, verabschiede mich von Tochter und Mutter und fahre mit offenem Herzen und großer Wissbegierde ins Camp Omega, zur Sommer-Schule meines Lehrers Pir Vilayat, die ich im Vorjahr nicht besuchen konnte.

Gegen Mitternacht baue ich im hellen Mondlicht mein Zelt auf; eine Siamkatze streicht mir um die Beine.

Ich habe nur einen Tag, um mich wieder einzugewöhnen in das Leben im Zelt mit Mokkakanne und Betschemel, um die spartanischen schmalen Duschzelte am eiskalten Bach zu inspizieren und die Bekanntschaft mit meiner dänischen Zeltnachbarin Sophia zu machen, der Besitzerin von Shanti, der bildschönen, eigenwilligen Katzendame, die mich in der Nacht begrüßt hatte.

Dann beginnt das Schweigeretreat und nun erhalte ich die symbolische Bestätigung meiner Einweihung vor zwei Jahren.

Es geschieht an einem frühen Vormittag. Während einer Schweigemeditation spüre ich schon bald einen kleinen Ruck in Brust und Kopf und ... fliege!, bin Adler, genieße die kraftvolle Weite meiner Schwingen und fliege mit mächtigem Flügelschlag auf die Sonnenscheibe zu. Sie übt einen unwiderstehlichen Sog auf mich aus. Im nächsten Moment stehe ich als Semiurgh* mit langem buntem Schweif vor dem Sonnenball. Er ist aus unzähligen engelhaften Wesen gebildet. Zwischen meinem Herzen und der Sonne findet ein gegenseitiges Strömen statt, ein Geben und Empfangen. Tiefer Schmerz erfüllt mich, denn ich weiß, dass ich zur Erde zurückgeschickt werde.

Da, ein blitzschneller Bildwechsel: Ich schaue ein in Flammen stehendes Herz.

Dazu höre ich Pirs Stimme wie von ferne: "The world is beautiful, but this is the ultimate. Hier handelt es sich nicht um Phantasie. Dies sind archetypische Symbole Ihrer Seele. Dies ist eine Einweihung."

In der Nacht habe ich einen ersten "Wein" – Traum:
Ich hole aus dem Keller zwei Flaschen Champagner, auf deren Etikett ein großes goldenes G leuchtet. Darunter steht der Name "Du Jardin". Auch der Inhalt ist goldgelb. Ich frage Pir, ob der Champagner tatsächlich für den verwahrlosten

* Semiurgh: adlerähnlicher mythologischer Sonnenvogel Persiens; ähnlich dem Phönix

Vagabunden bestimmt sei, der im Nebenzimmer gierig Essen in sich hineinschlingt. Pir schaut mich nur fragend an. Und bereits im Traum weiß ich, dass ich auch dieser "Gast" bin.

Am folgenden Vormittag erwähnt Pir: "Manche Menschen bevorzugen Champagner, andere geben sich mit billigem Wein* zufrieden."

Als ich von diesem Camp nach Hause zurückkehre, kann ich nicht mehr anders handeln, als wahrhaftig zu sein und mich endgültig von meinem Mann zu trennen.

* Die Weinmetapher ist ein beliebtes Thema der persisch-sufischen Dichtung. Weingenuss entspricht dem Kosten göttlicher Liebe; der göttliche Schenke ist der Lehrer oder Gott. Rausch und Trunkenheit spiegeln die Vereinigungserfahrung mit dem göttlichen Selbst, die Paralyse des Intellekts wider. (evtl. A. Schimmel)

"An sich ist Wein etwas "Gutes", was dadurch erwiesen ist, dass es dem Gläubigen im Paradies (du Jardin; B.Z.) versprochen wird". (aus: Stoddart - Sufitum)

Die Kosmische Feier

Das Sommer-Camp 1982 hält für uns eine große Überraschung bereit:
Pir Vilayat bittet alle ins Freie zu kommen und teilt uns mit, dass er dieses Jahr im Camp "Die Kosmische Feier" aufführen möchte. Dieses von ihm geschriebene Stück wurde bisher in Woodstock, Boston, den großen Städten Kaliforniens, in Kathedralen in New York und London oft wochenlang aufgeführt. Es enthält die Elemente Drama, Musik und Tanz und wo immer es stattfindet, werden die Rollen mit Laiendarstellern besetzt. Pir sucht dabei die Darstellerinnen nicht nach Talent, sondern nach ihrer spirituellen Affinität aus. Das geschieht auch heute und am liebsten möchte ich mich heimlich davonstehlen. Etwas schauspielerisch darzustellen, war für mich von jeher unmöglich.

Pir sucht zuerst die tänzerisch begabten Frauen aus, die auf den verschiedenen Existenzebenen agieren sollen, dann Adam und Eva als Repräsentanten der frühen Menschheit, die, noch im Bewusstseinsschlummer, ihre ersten Tempel und Altäre baut, um später von den Religionsführern geweckt und geführt zu werden.

Pir Vilayats Blick gleitet suchend und prüfend über die Schülerschar. Er wählt Shiva, Buddha, Abraham, Mohammed und ihre Frauen, Jesus mit Maria und die treuesten Anhänger der Religionsstifter. Aufatmend stelle ich fest, dass Pir zufrieden ist mit seiner Wahl und kundtut, für jede Rolle die passende Person gefunden zu haben. Dann eine kurze Stille; Pir wendet sich mir zu, deutet auf mich und ruft: "Und Sie sind Sarah!"

In den ersten Schreckminuten frage ich mich, wer denn diese Sarah überhaupt ist. Erst Abraham, ein schwarzbärtiger Mann mit langem krausem Haar, das er im Nacken zu einem Knoten zusammengefasst trägt, klärt mich über meine Rolle als sein 90-jähriges Eheweib und Spätgebärende auf und endlich finde auch ich zu meinen alttestamentarischen Bibelkenntnissen zurück. Dass Harvey, ein deutschstämmiger Jude mit amerikanischer Staatsbürgerschaft, in London lebend, nicht gerade begeistert ist über Pirs Wahl, ist ihm an seinen kritischen dunklen Augen und seiner gebogenen Nasenspitze abzulesen. Aber er spürt wohl mein mangelndes Vertrauen in meine darstellerischen Fähigkeiten, so dass er meine Lage nicht noch mit Ressentiments verschlimmern möchte.

Warum hat Pir Vilayat mich für die Rolle der Sarah ausgewählt? Wegen meiner ersten weißen Fäden im Haar oder bin ich tatsächlich eine "Spätgebärende"?

Vorerst aber interessiert mich die Wahl in die jüdische Gruppe als synchronistisches Phänomen, das meine augenblicklichen Studien der althebräischen Kabbalah mit ihrem System des Lebensbaumes begleitet. Der erste Kontakt, den ich im Camp hatte, war denn auch mit einem älteren jüdischen Maler. Er malt Bilder, die Wesenheiten in der Landschaft, in Bäumen und Blumen, über Hügeln und Bergen wiedergeben, die er in hellsichtiger Weise wahrnimmt.

Kaum haben wir mit den Proben unter Anleitung eines amerikanischen Regisseurs begonnen, beginnt sich das Wetter zu verschlechtern. Drohende, dunkle Wolken ballen sich am Horizont zusammen. Es dauert nicht lange und das

Unwetter bricht über dem Hügel, auf dem wir proben, und über das Lager herein. Es blitzt, donnert, stürmt, regnet tage- und nächtelang, aber die Proben gehen weiter. In Gummistiefeln, mit aufgespannten Schirmen waten wir durch den Schlamm und üben unsere Rollen: die Segnung Abrahams und Taufe Sarahs, den Gang zur Opferung Isaaks, während die Proben der Tänzerinnen im großen Vortragszelt stattfinden.

Vor jeder Probe stellen sich die Vertreter der einzelnen religiösen Gruppen zusammen und mit Hilfe von besonders ausgewählten Mantren und Gebeten stimmen sie sich in ihre Rollen ein, versuchen sie ihre Identität damit zu finden.
In der Nacht vor der Aufführung der Kosmischen Feier scheint das Unwetter noch einmal alle Register zu ziehen. Viele von uns verbringen die nächtlichen Stunden damit, ihre Zeltstangen fest- und am Boden zu halten. Obwohl am nächsten Morgen der Himmel noch immer von einem tiefdunklen Grau bedeckt ist, beschließt Pir, die Aufführung stattfinden zu lassen. Da reißt - eine Stunde vor dem Schauspiel - der finstre Vorhang über uns auf, die Sonne schickt ihre Strahlen mit einer solchen Kraft hinunter ins Camp, dass Mitwirkende und Zuschauer barfuß und mit sonnengeröteten Gesichtern ein einmaliges Schauspiel erleben.

Das Stück endet mit einer Affirmation der Einheit aller Religionen; die Darsteller entledigen sich der typischen Insignien ihrer Religion und durchschreiten singend und tanzend die sieben Sphären, die zuvor von Engelwesen tänzerisch dargestellt worden waren.

Erst später erfahren wir, dass der Platz, auf dem das Sommer-Camp nun schon seit einigen Jahren stattfindet, ein ehemaliger Schauplatz von Hexenverbrennungen war und der Scheiterhaufen sich auf dem Hügel befand, auf dem wir unser spirituelles Spiel aufgeführt haben. Der greise jüdische Maler erzählt mir, dass Scharen bösartiger Elementarwesen dieses Gebietes sich gegen unser Tun aufgebäumt hätten, dass sie ihm in seinem Zelt arg zugesetzt haben, da er sie doch als wahrscheinlich einziger seherisch wahrnahm.

Nach der Aufführung der Kosmischen Feier spricht mich eine Österreicherin an, die ein Buch über spirituelle Frauenpersönlichkeiten veröffentlichen möchte. Sie bittet mich, die Biografie Sarahs aufzuschreiben und wie ich die Rolle dieser Frau während der Aufführung erfahren habe.

Sofort suche ich nach meiner Rückkehr die Freiburger Universitätsbibliothek auf und notiere, was die kirchlichen Enzyklopädien über Sarah zusammengetragen haben. Ich bin enttäuscht: Sarah, eine Frau, die lügt, feige, eifersüchtig und grausam ist. Wahrhaft keine "ideale" Frauengestalt! Dann aber begreife ich und schreibe:

Sarah war keine Heilige

Ein eindrucksvolles Beispiel dafür, wie wenig wir Gottes Gnade vorentscheiden, beeinflussen, beurteilen und einordnen können, zeigt uns das Alte Testament in der Person einer Frau, in Sarah, der Frau Abrahams, dem Stammvater dreier Religionen.

Ihr war verheißen, "Mutter von Völkern und Königen" zu werden. Die Wurzel ihres Namens, Sar, verrät uns nur, dass sie eine Vornehme, also Tochter eines begüterten freien Familienoberhauptes war.

Wer erwartet, in der biblischen Schilderung dieser Frau Hinweise auf hervorstechende Tugenden zu erhalten, wird herb enttäuscht. Die Überlieferung schildert die Stammesmutter Israels frei von Idealisierung und Schönfärberei. Stattdessen wird der Leser des Alten Testaments konfrontiert mit ausgesprochen menschlichen Schwächen, mit Wesenszügen, denen sich der Mensch im Verlaufe seiner spirituellen Entwicklung zu stellen hat, die es zu akzeptieren und zu integrieren gilt.

Beim bibelunkundigen Leser taucht im allgemeinen in Verbindung mit dem Namen Sarah nur die blasse Erinnerung an eine biblische Persönlichkeit auf, die vor rund 4000 Jahren im hohen Alter von 90 Jahren das biologische Wunder einer Kindesgeburt vollbracht haben soll. Darum vorab eine kurze Zusammenfassung ihrer Geschichte, wie sie uns in der Genesis, dem 2. Buch Moses, überliefert wurde:

Zusammen mit ihrem 10 Jahre älteren Ehemann und Halbbruder Abram verließ Sarai, 65-jährig, auf Geheiß Jahwes ihre Heimat Chaldäa, um sich in Kanaan anzusiedeln. Als dort eine Hungersnot ausbrach und sie nach Ägypten vertrieb, bat Abram seine Frau, deren Schönheit dem Pharao gerühmt worden war, sich als seine Schwester auszugeben. Dem Ehemann hätte der Wunsch des Pharao, Sarai in seinen Palast zu holen, das Leben gekostet.

Diese Situation wiederholte sich durch Abimelech, dem König von Gerar, der Sarai seinem Harem eingliedern wollte. In beiden Fällen werden die Herrscher von Jahwe über den wahren, ehelichen Stand des Paares aufgeklärt, so dass Abraham, reichlich entschädigt, mit Sarah weiterziehen konnte.

75-jährig gab Sarai, nachdem sie 10 Jahre im Land der Verheißung gelebt hatten, ihre ägyptische Magd Hagar dem Ehemann zur Nebenfrau, damit diese die Vorsehung, dass Abraham Vater werde, erfüllen sollte. Kaum hatte Hagar empfangen, beklagte Sarai sich bitter über deren überhebliches, anmaßendes Verhalten. Sie behandelte die Schwangere so hart und unbarmherzig, dass diese in die Wüste floh. Erst auf Geheiß eines Engels kehrte die Ägypterin wieder zu ihrer Herrin zurück.

Im 89. Lebensjahr wiederholte Gott die Vorsehung, dass Sarai einen Sohn gebären würde und änderte ihren Namen in Sarah. Sarah lachte in sich hinein, war sie doch allzu vertraut mit den Gesetzen der Natur, leugnete dieses Lachen aber ängstlich, als Jahwe, der ihr in Gestalt dreier Männer erschienen war, sie darauf ansprach.

Die göttliche Verheißung erfüllte sich und Sarah gebar, 90-jährig, ihren Sohn Isaak.

Auf Abrahams Missfallen stieß sie, als sie Hagar mit ihrem Sohn Ismael verstoßen und in die Wüste schicken ließ, denn "der Sohn dieser Magd soll nicht mit meinem Sohn Isaak erben." Und Gott sprach zu Abraham: "Höre auf Sarah in allem, was sie sagt!".

Welche Reaktion und Haltung Sarah bei der Opferung ihres Sohnes zeigte, geht aus der jüdischen Überlieferung nicht hervor. Im Alter von 127 Jahren starb Sarah und wurde, tief betrauert, in der Höhle von Machpela begraben.

Welche Gedanken und Gefühle entstehen bei der Lektüre dieser kurzen Biographie der "Stammmutter von Völkern und Königen"?

Unsere Vorstellung, vielleicht sogar unser Bedürfnis, das Vorbild eines absolut tugendhaften Menschen geschildert zu bekommen, der sich besonders durch die königlichen Eigenschaften der Barmherzigkeit und des Großmutes auszuzeichnen hat, findet in dieser biblischen Frauenfigur sicherlich keine Befriedigung.

Die Patriarchen Petrus und Paulus rühmen ihre Glaubenskraft, weisen auf sie als ein Vorbild der Ehefrau hin und sehen in ihr einen neuen Typus des Neuen Testaments, eine Mutter, die freie Kinder zeugt. Das eigentlich Befreiende an Sarah ist aber doch, dass das Ausschlaggebende in der Wahl Jahwes hier ganz offensichtlich nicht darauf beruht, sie aufgrund ihrer besonderen Demut, Bescheidenheit und Milde (Sanftmut) auszuzeichnen, den sprichwörtlichen weiblichen Tugenden, denen sich im patriarchalen Zeitalter fast die Hälfte der Menschheit anzupassen hatte, sondern dass seine Entscheidung und Wahl keine Rücksicht nimmt auf menschliche und schon gar nicht auf die herrschenden gesellschaftlichen und moralischen Wertvorstellungen.

Göttliche Gnade, und das beweisen die Erfahrungsberichte vieler Mystiker, richtet sich nicht nach vorgeschriebenen und idealisierten Tugenden. Sie hat ihre eigenen Gesetze und zielt auf die spirituelle Substanz des Menschen.

In der überlieferten Darstellung der Sarah stoßen wir auf eine "normale" Frauenpersönlichkeit, die auch als Mensch, dem Verheißung zuteil wurde, zu kämpfen hatte mit allgemeinmenschlichen, ichhaften Regungen, mit Gefühlen der Verletzbarkeit und Unterlegenheit, die recht kleinmütig ihr Lachen verleugnete, die auch ein zweites Mal eine kaum fassbare Hartherzigkeit bewies, als sie von Abraham verlangte, Hagar und seinen eigenen Sohn Ismael zu verstoßen.

Und Jahwe wies Abraham an: "Höre auf Sarah in allem, was sie sagt!", denn in Isaak, und das unterscheidet Sarah von Maria, sollte ein Menschensohn geboren werden, der wiederum Vater sein wird von Menschenvölkern, und darunter wird es Könige geben. Und es kann bei aller Uneinsehbarkeit in die göttliche Vorsehung wohl kaum Zweifel daran bestehen, dass Jahwe in Sarah einen königlichen Menschen auserwählt hat, in einem weiblichen Menschen, der sich in nichts unterscheidet, sich nicht unterscheiden soll von weiblichen Menschen in allen folgenden Zeiten.

*

Während der Proben hält Pir regelmäßig seine Vorträge und scheint sich diesmal dabei ganz auf das geistige Heilen zu konzentrieren. Ich bin sicher, dass er dieses Thema wegen eines bestimmten Teilnehmers so ausführlich behandelt: Lindes Mann, der das erste Mal vor drei Jahren mit seiner Frau ins Camp gekommen war. Während der vergangenen Monate war eine auffallende Veränderung mit ihm vor sich gegangen. Ein bekannter österreichischer Heiler, den er im Rahmen seiner Filmarbeiten kennen gelernt hatte, wies ihn darauf hin, dass auch er über starke heilerische Fähigkeiten verfüge und bot ihm an, diese latenten Kräfte zu aktivieren. G. war einverstanden und dann so beeindruckt von der Möglichkeit, anderen Menschen mit dieser Begabung helfen zu können, dass er seinen Beruf als Filmemacher aufgab und sich ausschließlich dem Geistheilen widmete.

Pir gab ihm die Rolle eines Heroldes in seiner Kosmischen Feier und es ist offensichtlich, dass er G. sein eigenes Wissen über Geistheilung mit auf den Weg geben will.

Und da mich Medizinisches überhaupt nicht interessiert und ich mir nun bereits den dritten Vortrag zu diesem Thema anhören muss, ziehe ich verärgert meinen Block aus der Tasche und versuche für die hebräischen Bezeichnungen der Sephiroth des kabbalistischen Lebensbaumes Begriffe zu finden, die zeitgemäßer sind und der Terminologie Pirs entstammen. Ich bin gerade bei der Sephira Geburah angelangt, als Pir - mit geschlossenen Augen - seinen Vortrag unterbricht und aufzählt: "Ja, Kether ist Mannigfaltigkeit in der Einheit, dann kommen Binah und Chockma, beide stehen für Logos und Weisheit, dazwischen gibt es noch eine versteckte Sephira Daath; aber, bitte, pressen Sie mich doch in kein System; auch ich lerne noch dazu." Beschämt stecke ich meinen Block wieder in den Beutel zurück. War es doch allzu offensichtlich, dass ich Pir mit meinem Unmut und meiner negativen Energie in seinem Vortrag gestört habe. Alle anderen wundern sich nur, warum Pir seinen Vortrag über das Heilen durch Kristalle mit einem Seitensprung in die Kabbalistik verlassen hatte. Aber dieses plötzliche kurze Abweichen in ein anderes Gebiet, Bemerkungen und Erklärungen, die gar nichts mit dem eigentlichen Vortragsthema zu tun haben, sind sie gewöhnt, denn jeder weiß, dass Pir so etwas wie eine seelische Empfangsstation für die Nöte, Fragen und geistige Impulsbereitschaft seiner vor ihm sitzenden Schüler/innen ist.

Vision in einer Schweige-Meditation: Khanun Jamil wa-l-'Ikram

Die geführte Meditationsaufgabe ist, eine Seelenlandschaft zu visualisieren.

Gerade will ich mich etwas lustlos zu meinem üblichen Bild: Bergsee begeben, als spontan ein ganz neues Bild-Motiv auftaucht. Ich erlebe mich beim Besteigen eines hohen Berges und habe bereits die Baumwuchsgrenze erreicht. Nur noch wenige niedrige Koniferen und Bergblumen wachsen vereinzelt zwischen den Felsen. Da bewegt sich der Berg unter meinen Füßen. Beim Steigen wächst er unter mir in die Höhe! Aus ihm sprießen überall, wie Blumen, irisierende Kristalle und blitzende Edelsteine in allen Farben des Regenbogens: Amethyst, Aquamarin und Rosenquarz. Ich erreiche den Gipfel. Dort steht ein hoher Thron aus farblosem Bergkristall. Als ich mich darauf setze, zählt Pir die angelegten guten Eigenschaften des Menschen auf und ich entdecke mit freudigem Erstaunen, dass ich sie alle in mir habe: Liebe, Weisheit, Wahrhaftigkeit, Adel, Stärke, Heiligkeit, Frieden, Freude, Freiheit, Schöpferisches, Großzügigkeit ...

Nur eines gelingt mir nicht: mein Antlitz zu schauen. Ich gebe der königlichen Gestalt das Gesicht von Sophia, meiner dänischen Zeltnachbarin, die ich wegen ihrer Schönheit bewundere.

Neben mir ein zweiter Thron. Im schlichten weißern Gewand betritt Pir das Gipfelplateau, schreitet an mir vorüber und nimmt an meiner Seite Platz. Es erklingt eine wunderbare "himmlische" Musik über uns, ein unsichtbares

Sphärenorchester spielt eine Sinfonie: kraftvoll und vielstimmig.

Eine Prozession von Menschen, jung und alt, aller Rassen, Frauen und Männer, zieht an uns vorüber. Es ist, als ob die Menschenkette auf diesem Gipfel ihr Ende gefunden habe. Ein merkwürdig stummer Trupp ist es, der hier den Zenit erreicht und sich auflöst in der jubelnden Musik und in der Khanun Jamil wa-l-'Ikram, der Königin der Schönheit und des Glanzes, dem weiblichen vollkommenen Menschenideal der Sufis.

Zutiefst beeindruckt von diesem Meditations-Erlebnis, eile ich zu meinem Zelt, greife nach dem Tarot-Deck, mit dem ich bisher gar nichts anzufangen gewusst habe und ziehe: "Die Königin"!

Zu Hause frage ich: "Was ist das Resumé dieses Campaufenthaltes?" und erhalte wieder dieses Kartenmotiv, das, zusammen mit der "9 der Münzen", das Motiv der folgenden Jahre sein wird.

Der Ton

Anschließend ans Camp fahren meine 5-jährige Tochter Ruth und ich mit Freunden nach Jugoslawien. Erika, eine Sufi-Freundin, Wolfgang, ein Philosoph und Jörg, ein Fotograf, wollen in Klagenfurt zu uns stoßen, wo ich mit Ruth eine Nacht bei Linde und G. verbringe.

G. möchte auch bei mir die heilerischen Kräfte wecken. Ich bin nicht sehr interessiert, möchte ihn aber nicht zurückweisen. Stundenlang müht G. sich, meine Heilenergie zum Fließen zu bringen. Vergeblich. Ich höre den inneren Ton nicht, der die Verbindung mit der kosmischen Energie ankündigen soll. Gegen Mitternacht meine ich ein Summen zu vernehmen. G. ist glücklich. "Nun bist du im Christusbewusstsein!" Erleichtert über das Ende der Be-Handlung, immer wieder hatte G. über meine Arme und meinen Unterbauch gestrichen, schlüpfe ich zu meiner Tochter ins warme Bett. Als ich am frühen Morgen in die Küche trete, höre ich ein leises Summen. Es ist der Kühlschrank!

Am nächsten Tag treffen unsere Freunde ein und G. öffnet bei dem jungen Fotografen den Heilkanal. Dieser ist danach tatsächlich fähig, durch Handauflegen wahrzunehmen, wo der/die andere Schmerzen hat und welche Art von Schmerzgefühl das ist.

Im Spätherbst gibt Pir Vilayat in Bad Wiessee ein 3-tägiges Seminar. Auch W., der Philosoph und TM*-Anhänger, fährt mit. Er hat im Seminarhotel ein teures Einzelzimmer gemietet und ist froh, dass ich es übernehmen möchte. Todmüde von der weiten Fahrt ins Allgäu schleppe ich mich und meinen Koffer zum Hotelzimmer und finde es besetzt. W. praktiziert darin TM. Ich bin derart verbittert über soviel Egoismus, dass ich später kaum in der Lage bin, Pirs Worten zu folgen. Dieser fordert uns auf eine Reinigungs-Übung zu machen, bei der man vergeben soll. "Unmöglich, Pir! Das kann ich jetzt nicht. Ich habe einen so harten Knoten im Bauch, der bleischwer über dem Magen liegt. Den kriege ich nie und nimmer so leicht weg!" denke ich und bin eigentlich auch gar nicht bereit, ihn so schnell aufzulösen, sondern möchte meinen Ärger noch etwas auskosten. Da spüre ich ein Nachlassen des Drucks, dann ein Gefühl von Watte und Wärme und weg war das physische Empfinden von betoniertem Groll!

Auf der Hinfahrt hatte ich meinen Mitfahrern von G.'s Bemühungen erzählt, bei mir heilerische Fähigkeiten zu wecken, vom irrtümlichen Vernehmen eines "inneren Tons" und dabei geäußert, dass ich doch gern einmal wüsste, wie sich dieser Ton bei mir anhört.

Eine Teilnehmerin bittet mich in der Mittagspause um ein Gespräch, bei dem sie mir ihren beabsichtigten Schwangerschaftsabbruch mitteilt, aber wohl jemanden sucht, der sie

* TM: Transzendentale Meditation nach Maharishi Mahesh Yogi

davon abhält. In diesem Fall, bei dem die Umstände für ein nicht gerade gelegen kommendes, aber auch nicht unerwünschtes Kind wirklich recht günstig sind, ist das eigentlich keine allzu große Gewissensfrage. Als wir den Vortragssaal wieder betreten, hat Pir bereits begonnen und übt mit seinen Schülern das Erzeugen von Obertönen. Eine Übung, die ich meist recht halbherzig mitmache, bei der ich aber immer wieder sehr beeindruckt bin, wenn es Pir oder dem Obertonlehrer gelingt, die hohen, überirdisch klingenden, über unseren Köpfen schwebenden Töne zu erzeugen. Pir übt mit einem Wazifa, das er mir bei der Einweihung gegeben hatte.

In Gedanken noch bei dem Gespräch, drehe ich die Zunge und presse die Lippen beim I zusammen, so dass sie nur leicht vibrieren. Natürlich ohne befriedigendes Ergebnis. Da sagt Pir: "Versuchen Sie es noch einmal." Obwohl ich mich nicht persönlich angesprochen fühle, gebe ich mir Mühe und höre keinen Oberton, sondern einen hellen goldenen Ton neben meinem rechten Ohr, als hätte man einen einzelnen Punkt am Rande eines Gonges angeschlagen.
"Da ist jemand, der hat es. Das ist der Ton!"
Dass Pir hierbei keinen Über-Ton meinte, stand - für mich - außer Zweifel.

Ein Prüfungstraum

Wie zu erwarten, stellen sich bald erste Prüfungen ein, die meine Loyalität dem Lehrer gegenüber klären helfen sollen.

In seiner Gefühlsintensität besonders stark erlebe ich folgenden Traum:
Ich stehe mit einem leeren Kinderwagen in einer langen Reihe Wartender. Man möchte den Segen eines charismatischen Mannes, der eine Mischung zwischen Papst und Bhagwan darstellt. Rechts von dieser Menschenschlange, auf einer Anhöhe, zu der Stufen hinaufführen, steht Pir, allein. Ich weiß, dass er dort auf mich wartet. Obwohl der Sog der Menge extrem stark ist, entscheide ich mich für Pir Vilayat, weil ich nicht anders kann, als mich zu ihm zu bekennen.

Als ich versuche, den Kinderwagen die Treppenstufen hochzuziehen, ertönt eine deutliche Stimme: "Es ist gut; die Konjunktion von Sonne und Mond hat stattgefunden."

"Was du suchst, ist das, was sucht."
(Franz von Assisi)

Mystik

Bald stellt Pir bei mir die Weichen für eine geistige Richtung, die mein ganzes Denken, Fühlen und Trachten bestimmen wird: für die Mystik.

Das Seminar in Waldmichelbach nimmt seinen gewohnten Verlauf: Die Samadhi- und Vipassanah-Übungen verlangen ein Los- und Geschehenlassen von mir, das partiell gelingt, während die Energieübungen, die Arbeit mit dem Atem und mit Mantren mir wie immer das Gefühl vermitteln, ein tumber Tor zu sein. Nur eines klappt sicher: die telepathische Verbindung und Kommunikation mit meinem Lehrer Pir Vilayat.

Bei einer Konzentrationsübung auf das Herzchakra* denke ich: "Pir, das tut doch weh!" und meine damit den kleinen stechenden Schmerz, der sich bei dieser Übung einstellt. Pir antwortet: "Schmerz und Freude sind vereinbar!" Von diesem Tag an erfahre ich dieses feine Ziehen in der Mitte der Brust als ein Zeichen, dass Pir mit mir Verbindung aufnimmt, dass ich besonders aufmerksam hinhören und etwas erfahren soll.

* Herz-Chakra: 5. feinstoffliches Energiezentrum etwa in der Mitte der Brust

Als Pir Vilayat über den gnostischen Aspekt der westlichen Sufi-Lehre spricht, die persischen Ursprungs ist, von der Exilsituation des Menschen, seiner Lichtheimat und Engelnatur, sehe ich plötzlich ein menschliches Embryo - mich - im All schwebend. Nabelschnüre verbinden mich mit dem Planeten Erde und der Sonne, die aus einem Gewimmel von Wesenheiten besteht und ein einzig großes Tönen ist. Dem Leib des Ungeborenen oder gerade Geborenen entquellen unzählige Gestalten und Rassen. Pir: "Denken Sie immer daran, dass Sie Ihre Wurzeln sowohl auf der Erde wie auch in der Sonne haben." (Die Sonne gilt in der zarathustrischen Religion als Symbol für die lichtvolle Heimat des Menschen.)
Pir: "Wir sind Schnittstellen, entstanden aus der alchemischen Verbindung von Himmel und Erde. Wir können selbst die Neugeburt herbeiführen, indem wir die Schritte durchgehen, die uns zu unserem gegenwärtigen Zustand geführt haben, uns willentlich und bewusst umändern: die himmlische und die irdische Erbschaft in unserer eigenen Persönlichkeit so zu verbinden, dass es 'funkt'."

Auf der Heimfahrt nach Freiburg höre ich mich zu Erika mit betonter Entschlossenheit sagen: "Ab sofort werde ich mich mit Mystik befassen".
Welchen Samen hat Pir da in mich gelegt? Er hatte den Begriff Mystik während des Seminars nicht verwandt. Was ich bisher von christlichen Mystikern gelesen habe, hatte ich als sentimental, als ungewohnt und fremd von mir gewiesen.

Zu Hause vertiefe ich mich sofort in eine Zusammenstellung biographischer Kurzbeschreibungen der bekanntesten Mystiker aller Zonen und Zeiten. Von den etwa sechzig vorgestellten Mystikerpersönlichkeiten sprechen mich Plotin,

Rabia, Rumi, Meister Eckehart, Johannes vom Kreuz, Theresa von Avila und Walt Whitman besonders an. Später finde ich bei Sri Aurobindo vieles erklärt, was ich bei und durch Pir erfahre. Die Lektüre der Originalwerke dieser Mystiker kommt meinem Bedürfnis nach Wahrheit, Freiheit und Radikalität sehr entgegen. Hier geht es um die Essenz, das Wesentliche, um nicht weniger als die Möglichkeit unmittelbarer Gotteserfahrung in der eigenen Psyche. Die Erfahrung der Wirklichkeit hinter der Wirklichkeit, das heißt die Erfahrung der göttlichen Präsenz in mir, in allem, führt zum ersehnten Einheitserleben.

Diese Art geistiger Entwicklung wird als ein Prozess des langsamen Reifens beschrieben, begleitet von peinvollen Reinigungsprozessen, in denen sich euphorische, adlerhafte Zustände mit einem demütigenden, protestantischen Wurmgefühl abwechseln. Die treibenden Kräfte dabei sind die starke Sehnsucht nach Wahrheit, Freiheit, der Erfahrung von Fülle, Freude und Liebe, die in seltenen Augenblicken bereits gekostet wurde, außerdem der Glaube und das Vertrauen darauf, dass sich das Göttliche im Einzelnen verwirklichen, erkennen und lieben will.

Niemals lässt es sich magisch herbeizwingen; es ist das Ergebnis des Zulassens, Geschehenlassens. Und diese Art von Identifikation mit der Hingabe verlangt Mut, denn es ist der Weg des starken, ichzentrierten Menschen, der weiß und bejaht, dass er dabei "sterben" wird: "Du musst sterben, bevor du stirbst!" ist auch eine Forderung der Sufimystiker.
Hürden des mystischen Weges, an denen viele scheitern, sind das Schwelgen in Visionen, das Sich-zufrieden-Geben mit übersinnlichen Fähigkeiten und das Abwerten der irdischen Realität.

Für mich besteht das große Hemmnis in einem hochgespannten Verlangen nach der Erfahrung einer überirdischen, himmlischen Wirklichkeit. Wird es Pir gelingen, dieses Sehnen einerseits zu fördern und gleichzeitig meine Liebe zur Welt zur Entfaltung zu bringen, um Einheit von innen und außen zu erfahren?

Die Falkenpfeife

In den ersten Nächten im Camp Omega kommt es zu einer Attacke von Träumen, die aus den dunkelsten Bereichen der menschlichen Psyche stammen: Ich träume von exzessiven Sex- und Fressorgien, als Zugabe und Höhepunkt: von einer wüsten Mafiafehde. Geradezu grotesk und makaber eine Szene, in der ein Mafiaboss im Rollstuhl auf den Kriegsschauplatz gefahren wird und martialisch mit einem Maschinengewehr um sich feuert. Bei all diesen Traumszenarien stehe ich als beobachtende Randfigur dabei und wundere mich über das Ausmaß der Exzesse. Es ist, als wolle die Psyche sich austoben, bevor die Reinigungsprozesse der Licht- und Atemübungen alles Dunkle aufwirbeln; ein nächtliches Sich-Aufbäumen gegen den Lichtstrahl, dem es tagsüber ausgesetzt ist.

Diesmal ist niemand im Sommer-Camp, den ich näher kenne und mit dem sich meine Gedanken beschäftigen können. Ich fühle mich etwas einsam, erste Widerstände und Zweifel in meine spirituellen Fähigkeiten und Fortschritte machen sich bemerkbar und rütteln natürlich auch an meinem Glauben, von Pir ganz individuell beachtet und geführt zu werden. Um die dunklen Gedanken loszuwerden, denen ich in meinem Zelt ausgeliefert bin, beschließe ich, am Abend einen Spaziergang in die Berglandschaft von Château Queyras zu unternehmen.

Langsam und immer freier werdend von griesgrämigen Überlegungen, steige ich eine kleine Anhöhe hinauf. Auf der höchsten Stelle angekommen, entdecke ich, dass von der anderen Seite Pir des Weges kommt, begleitet von seiner französischen Sekretärin. Auf dem Lederhandschuh seiner Linken sitzt ein jungen Adler.

Obgleich ich den edlen Vogel um die Nähe zu seinem/unserem Lehrer beneide, finde ich die Lage des Tieres geradezu demütigend. Mit leicht abgespreizten Flügeln versucht der Jungadler die Balance auf Pirs Unterarm zu halten, während Pir, auf einen groben Stab gestützt, den Hügel hinaufschreitet.

Die Augen meines Lehrers strahlen auf, als er mich erkennt und er grüßt mit einem deutlichen "Guten Abend". Statt mit einem ebenso vernehmlichen Gegengruß zu antworten, raunt es in mir: "Sag' jetzt nichts!" und so nicke ich ihm nur zu, verwundert über mein Verhalten. Dann erst fällt mir ein, dass ich mich ja im Schweigeretreat befinde (Pir: "Oh, how terribly I was tested in my silence!")

Als ich von meinem kleinen Rundgang zu der Stelle zurückkehre, an der ich Pir getroffen habe, sehe ich auf dem Boden etwas blitzen. Es ist eine schmale, zusammengeschraubte Pfeife und ich weiß sofort: das ist die Falkenpfeife, mit der Pir den jungen Adler auf seinen Arm zurückgerufen hat. Weil ich mich unbeobachtet weiß, schraube ich die silberne Pfeife auf und blase verstohlen darauf. Ich entlocke ihr nur einen enttäuschend dünnen Ton. Mir wird die Bedeutung dieses Fundes bewusst, steht sie doch in einem synchronen Zusammenhang zu meinem inneren Überantwortungsprozess: Der Schüler oder auszubildende Falke findet die Pfeife seines Lehrers und bringt sie ihm zurück, damit dieser ihn jederzeit rufen, ihn lehren kann. Nach einem kurzen Gewissenskampf, ob ich es behalten soll, gebe ich dieses symbolische Fundstück ab.

"Aber wenn ein König eine Schlinge legt, um einen wilden, wertlosen Falken zu fangen, der nichts von seinem eigenen Wert und Wesen weiß, und um ihn auf seinem eigenen Arm zu erziehen, damit er geehrt und gelehrt und erzogen werde, dann nennt man das nicht List. Obgleich es äußerlich wie eine List aussieht, wird es doch als wahre Ehrlichkeit, Güte und Großmut erkannt, als Belebung eines Toten, als Umwandlung eines gewöhnlichen Steines in einen Rubin, des toten Samens in einen Menschen. Wenn der Falke wüsste, aus welchem Grunde ihn die Menschen zu fangen wünschen, brauchte man keine Köder, er würde die Schlinge von ganzem Herzen suchen und auf die Hand des Königs fliegen." (Rumi)

Die Erziehung kann beginnen.

Samadhi

Eine Patentante meiner Tochter hat einen schweizer "Berufs-Esoteriker" in ihre Arztpraxis eingeladen und uns seinen Vortrag zum Thema Rückführung in Vorleben angekündigt. Obwohl mir der Referent nicht sehr sympathisch ist und ich keinen therapeutischen Grund habe, mich rückführen zu lassen, melde ich mich zu einer Sitzung an.

Kaum bin ich - zwei Wochen später - im südfranzösichen Sommercamp eingetroffen, vernehme ich Pirs sanft tadelnde Worte während einer Samadhi-Meditation: "Wir gehen zurück zum Ursprung, aber nicht durch Rückführung, wie das manche versuchen. Welches Vorleben wollen Sie denn noch einmal erleben? Welches ist wirklich wichtig für Sie? Gehen Sie doch besser gleich zum Alphazustand zurück!"

Und so ermöglicht mir Pir dann auch einen Samadhizustand, der mir einen Ein-Blick in den ununterbrochenen Ablauf von Leben, Alter und Tod zeigt. In dieser Meditation erfahre ich eine absolute Distanz zu mir als inkarniertes Individuum. "Ich" befinde mich an einem Nicht-Ort und erlebe "mich" als reine Betrachtung, völlig unabhängig von meiner Existenzform: Mann-Frau, jung-alt. Die Zeit "unter" mir läuft in unaufhaltsamen Rhythmen ab: Jugend, Alter, Tod, Geburt. Die persönlichen Begehrlichkeiten, das Haben und Seinwollen des Menschen sind wie Kinderspiel im Sand. Einzig die Momente zählen, in denen die Einzelne die Sehnsucht nach Entfaltung und Einswerdung mit dem Selbst empfindet, in denen sie sich öffnet und bereit ist, affine Erlebnisse zu haben. Es ist als ob die Menschen untereinander wie mit feinen Schnüren verbunden sind und sich in einer inneren Resonanzbereitschaft im guten wie im bösen Sinn anziehen, die nicht nur Menschen zueinander führt, sondern auch eine Verbindung zu Qualitäten darstellt, die aktiviert werden. Aus einem immensen psychisch-geistigen Feld des Selbst fließen ihr dann Inspiration und Intuition zu und es treten entsprechende Ereignisse ins Dasein. Im betrachtenden Selbst erlebe ich mich verbunden mit allen Wesen, mit der ganzen Schöpfung. Der "Standort", aus dem heraus ich betrachte, ist in dieser Meditation nach außen-oben verlagert, obgleich ich weiß, dass er unräumlich ist, nirgendwo und überall. Ich betrachte mich, bin zugleich der Betrachter und das Betrachtete. Es ist ein Zustand, in dem sich mir jede Frage beantworten würde, aber ich "schaue" nur und staune. Ich weiß mich in oder nahe einem Reservoir, das alle Potentialitäten und archetypischen Qualitäten enthält, zu dem jeder Mensch Zugang hat, wenn sie sich öffnet.

Pir spricht später von einem "Programm der Welt", noch ohne Feedback, dem sogenannten Alphastatus Gottes, alle Potenziale enthaltend.

Ich erfasse, dass Pir mir einen Einblick von "oben" ermöglicht hat und dass dies nur <u>eine</u>, die kosmische Perspektive ist. Sie zeigte z.B. nicht die "Heimat" des Menschen, wie sie die Sufis, Chassidim und Gnostiker des Christentums beschreiben und erfahren: die Quelle von Liebe, die die Sufis "Ishq", die göttliche Sehnsucht, nennen.

"Liebender und Geliebter sind zwei Personen," sagte ich,
"angeblich sind sie eins, aber ich sehe sie wie zwei."
(Rumi)

Zwei Geigen

Pir verwendet das Bild der Wasserlilien und ihrer gemeinsamen Wurzel, um die unsichtbare Einheit und Verbundenheit der isoliert erscheinenden Einzelwesen zu veranschaulichen. Diese Metapher befriedigt mich nicht, wenn ich an die individuellen Unterschiede denke, den unterschiedlichen Entwicklungsprozess und Ausdruck an Schönheit und Weisheit. Ich wende mich in der Schweigemeditation mit dieser Frage an Pir und erhalte sofort die Antwort. Vor meinen inneren Augen erscheinen plötzlich zwei Geigen; beide von demselben Meister hergestellt: die eine bereits wohltönend und bereit zum Spiel, während die andere noch gestimmt werden muss. Der Gedanke, dass beide Geigen gleichwertig sind, beglückt mich. In der Visualisierung nehme ich nun wahr, dass zwei Engel auf den beiden Geigen spielen. Ein wunderschönes Zusammenspiel erklingt:

Lehrer und Schüler, zwei Geigen,
gefertigt aus demselben edlen Stamm
vom Meister und seinen geflügelten Gehilfen,
bestimmt zum gemeinsamen Spiel,
Lachen und Weinen,
zum Schöpfen eigener Werke in Dur und Moll,
sich ergänzend, einander nähernd,
gerufen, Fühlung aufzunehmen,
sich zu berühren mit Tönen
die Melodie des andern zu erkennen,
einer das Echo des andern,
Klänge zu erzeugen wie die Sterne im All
Hu Allah, MU, OM, Halleluja

Der geliebte Lehrer,
besonnen und wachsam ist sein Strich,
liebevoll und stet, behutsam umwerbend
den widerspenst'gen, klagenden Freund.
Er mahnt, flüstert, ruft mit lockender Stimme,
begeistert, entzündet,
fordert auf zum Spiel,
zwei Geigen, ein jubelnder Bogenstrich.

Ein-Klang
Die Töne, sie verschmelzen,
machen trunken, lassen staunen,
Wunder schauen und schmecken.
Lehrer und Schüler, Schüler und Lehrer ,
ihre Herzen, ganz Sang, vertraut und innig.

Korrekturen

Ich lese mit großer Empathie Dilip Kumar Roy's Buch "Sri Aurobindo kam zu mir". Besonders stark berührt mich der Antwortbrief Aurobindos an seinen Schüler Dilip. Ich wage, die Zeilen mit tiefer Überzeugung auch auf meine Beziehung zu Pir Vilayat zu übertragen:

"Es ist eine starke und auch dauernde persönliche Beziehung, die ich immer zu dir empfunden habe, seitdem wir uns getroffen haben und sogar schon vorher und sie ist es, die Grundlage aller äußeren Unterstützung, der Beachtung, der Fürsorge und der ständig helfenden Bemühungen ist, die ich dir zukommen ließ und die nie einem lauen unpersönlichen Gefühl hätte entspringen können. Von meiner Seite aus wird sich diese Beziehung kaum je ändern. Selbst bevor ich dich zum erstenmal traf, wusste ich von dir und fühlte sogleich die Verbindung zu jemanden, zu dem ich jene Beziehung hatte, die sich ständig durch viele Leben bemerkbar macht. Es ist eine Empfindung, die untrüglich ist und den Eindruck von jemanden erweckt, der einem nicht nur nahesteht, sondern auch ein Teil der eigenen Existenz ist. Die Beziehung, die sich so bemerkbar macht, erweist sich immer als die jener, die in der Vergangenheit beisammen und dazu bestimmt waren, sich wieder zusammenzufinden, durch alte Bande wieder zusammengeführt zu werden. Es war das gleiche innerliche Wiedererkennen, welches dich hierher brachte. Wenn das äußere Bewusstsein dies nicht völlig wahrnimmt, liegt es an der Kruste, die immer bei einer neuen physischen Geburt entsteht und das Wahrnehmen verhindert. Aber die Seele weiß die ganze Zeit."

Dann folgte ein Kapitel, in dem Kumar Roy seine unüberwindliche Vorliebe für pikanten Fisch schildert. Dieses Verlangen verfolgte ihn bis in seine Träume hinein. Nach acht Jahren verließ er für einige Monate den Ashram und während dieser Zeit aß er Fisch, wo immer er ihn angeboten bekam, obwohl er sich danach jedesmal schwor, niemals wieder Fisch anzurühren. Obgleich ihn sein Verhalten deprimierte, konnte er seine Essgier nicht zügeln und begann sie weltanschaulich zu begründen. Seine Gewissensbisse erreichten allerdings ihren Höhepunkt, als er bei einem Bankett im Palast eines Freundes, der aufgrund ärztlicher Anweisung strikter Vegetarier war, nach einer Zeit der Enthaltsamkeit, wieder eine Fischspeise aß.

In der folgenden Nacht, er hatte zuvor beschämt zu Gurudev gebetet und den "Exzess" zutiefst bereut, erschien ihm die strahlende Gestalt Aurobindos im Traum. Dieser segnete ihn und sagte: "Von morgen an wirst du fähig sein, Fisch aufzugeben." Tatsächlich war Kumar Roy danach in der Lage, Fisch ohne großes Bedauern abzulehnen oder ihn ohne Gier zu verzehren.

An dieser Stelle der Lektüre überkommt mich ein intensives Verlangen nach Fleisch- und Weingenuss und das nach Wochen der Enthaltsamkeit, auf die ich stolz bin. In der Küche finde ich tatsächlich noch ein großes Stück französische Salami und öffne dazu eine Flasche tunesischen Rotwein, die ich zur Hälfte leere, während ich mit einem Nebengedanken an meinen Lehrer sicher bin, dass dieser über solche Kräfte Aurobindos nicht verfüge und ich auch gar nicht daran denke, ihn um Befreiung von meiner Gier zu bitten.

Mit großem physischen und psychischen Unwohlgefühl lege ich mich zu Bett und trotz all dem Unbehagen, halte ich noch eine gewisse trotzige Haltung am Leben, dass das Göttliche sich von solchen Eskapaden seiner schwachen irdischen Geschöpfe sicher nicht beeinflussen lässt, sondern sich letztenendes als stärker erweisen wird. Außerdem gehe es bei vegetarischem Essen wohl primär um gesundheitliche Aspekte und um eine Sensibilisierung des Körpers, um ein Transparentwerden für psychische Energien. Darauf lege ich keinen Wert, ist doch der geistige Weg für mich nicht eine Sache des Körpers, sondern meiner Seele und Gott.

In der Nacht habe ich folgende drei Traumbilder:

Eine weiße Maus nagt sich durch den Fußboden nach oben. Mit einem entsetzlichen Gefühl des Grauens und Ekels erschlage ich sie mit einem Tonkrug und erkenne, dass es sich dabei sogar um eine weiße Ratte handelt.

Ich befinde mich in einem nächtlichen Wald und sehe, dass Pir, begleitet von zwei Männern, ins Gespräch vertieft, vorbeigeht. Damit er mich nicht sieht, lege ich mich flach auf den Boden, aber Pir hat mich bereits erblickt.

Pir Vilayat sitzt mit zwei jungen Leuten an einem Tisch - für mich hat man einen kleinen, etwas niedrigeren Tisch hinzugefügt -. Er schaut mir in die Augen; sein Blick verrät, dass er "weiß", aber er ist liebevoll wie immer oder wenigstens nicht tadelnd. Er bittet mich Kaffee zuzubereiten, aber auf einem langen Buffet entdecke ich nur schmutzige Gefäße.

Die Träume sind so leicht deutbar, dass mir bewusst wird: Sollte auch Pir nichts von meinen gestrigen Gedanken wissen, mit denen ich seine psychischen Kräfte abwertete, so weiß es doch mein Unbewusstes, das Pir als Ideal angenommen hat.

Ab sofort ist es mir nicht mehr möglich, am Abend mit Genuss noch ein zweites Glas Wein zu trinken. Es schmeckt abscheulich. Nur beim Zusammensein mit Gästen ist diese Einschränkung aufgehoben. (Diese tolerante Dosierung deutet allerdings eher auf ein Mit-Wissen meines weichherzigen Lehrers hin.)

Schloss Wachendorf

Das Dezember-Seminar 1983 findet in den Tagen zwischen Weihnachten und Neujahr auf Schloss Wachendorf, einem buddhistischen Zentrum, in der Eifel statt.

Als ich eintreffe, hat Pir bereits mit dem Vortrag begonnen. Ich betrete den kleinen Vortragssaal auf Zehenspitzen und finde noch einen freien Platz. Dann erst schaue ich nach vorne und bin wie geblendet. O Gott, ist Pir schön! Auf einem kleinen Podium sitzt mein Lehrer im weißen Wollgewand, Bart und Haupthaar schneeweiß, das Gesicht so edel, die Gestik seiner Hände voll Anmut.

Ich muss energisch die Vorstellung beiseite schieben, dass Pir meinem inneren Archetyp des Geliebten entspricht, den ich wohl schon seit meiner Geburt in meinem Herzen trage.

Die Tarotkarte 8 der Kelche, die ich in der Pension ziehe, weist mich sofort in die Schranken: Gefühle stimmen nicht mit der Vernunft überein, Verzicht, da nicht in Übereinstimmung mit der kosmischen Ordnung.

Es kommt ohnehin sehr bald zum "Absturz" meiner Gefühle. Pir hatte beim Einführungsvortrag gesagt, Murid * sein bedeute, "zu Hause" zu sein, was ich für mich bezweifele, jedenfalls was die anderen Murids angeht. Bereits am Abend sollte mir bewusst werden, was Pir für mich bedeutet: die Pforte, das Tor, um nach Hause zu kommen. Aber davor gibt es zuerst mal wieder die Erfahrung von Zweifel und Erschütterung. Pir beginnt - wie ein Conférencier, der sein Publikum mit leicht verdaulicher Kost unterhalten möchte - Populärpsychologie anzubieten:

* Murid: Schüler/in

"Stellen Sie sich einen Baum vor. Wie sieht er aus, hat er Blätter, Wurzeln, neigt er nach rechts oder links? Das sind Sie!" Und dann kommt auch noch die Astrologie an die Reihe; eine recht oberflächliche Charakterisierung des Wasser-, Luft-, Erd- und Feuertyps. Ich bin wie versteinert. Wenn das sein psychologisches Niveau ist, wie ist es dann mit seinem spirituellen bestellt? Da blickt er zu mir herüber und sagt mit der Andeutung eines Lächelns: "Es gibt noch einen fünften Typ: das Pokerface."

Trotz dieser Zurechtweisung fahre ich wie betäubt in die Pension und fühle nur Zweifel und Verzweiflung.

In der Nacht träumt mir: In einem Terrarium befinden sich verhungerte, ausgetrocknete Kaltblütler (Frösche, Lurche). Ich gieße Wasser über sie und stelle mit Erleichterung fest, dass sie leben.

In der Morgenmeditation lässt uns Pir eine Landschaft visualisieren und beschreibt unerwarteterweise seine eigene: "Man sollte meinen, ich sehe eine Berglandschaft, nein, heute sehe ich Wasser. Das will mir etwas sagen!"

Beschämt wird mir klar, dass ich versucht hatte, Pir auf der reinen Verstandesebene zu idolisieren und später abzuwerten; dass ich ihm nicht mit dem "Herzen" zugehört hatte, dass ich ihm nicht auf der Herzensebene begegnet war, der Ebene, auf der sich Sufis und Mystiker begegnen und verstehen.

Einen neuerlichen Beweis seiner hellsichtigen Fähigkeit erhalte ich bei einer weiteren Imaginationsübung. Ich gehe dabei meine eigenen Wege und versuche, eine Tante zu visualisieren, die vor wenigen Tagen verstorben ist und die ich sehr geliebt habe. Sie ist für mich das weibliche Pendant zu Pir: Herzensgüte, Aufrichtigkeit, Stolz, gepaart mit echter

Demut, die sich vor allem in einer starken Gottesliebe ausdrückte. Für mich war sie eine der unbekannten heiligen Menschen, die in schlichter unauffälliger Weise ihre Umwelt mit ihrem liebevollen Wesen beglücken, wärmen. Ich stelle mir also vor, diese Tante Ruth und Pir an einem Ort zu treffen, an dem man sich ganz ohne Worte, nur auf der Ebene der liebevollen Gedanken und Gefühle trifft, wo alle Hemmungen dahinschmelzen und man sich bedingungslos liebt. Da sagt Pir: "Ja, stellen Sie sich einen Ort vor, wo Sie völlig ohne Hintergedanken und Bedingungen Ihre Gefühle zum Ausdruck bringen dürfen." Ich erstarre und erröte.

In der Pause mache ich mit D. einen Spaziergang durch den kleinen Park des Anwesens und begegne Pir, der mit seinem Vertreter in Deutschland etwas bespricht. Als Pir uns auf sich zukommen sieht, grüßt er mich, danach D., dann wandern seine Augen blitzschnell zu mir zurück und ich erlebe plötzlich - wie bei einer Schlafpuppe - ein "Kippen" meiner Augen, die sich jäh verselbständigen und Pir einen liebenden Blick zuwerfen, wie einem geliebten Kind. Pir erwidert diesen Blick mit einem freudigen Lächeln.

Am nächsten Tag kommt es zu einer zweiten Demonstration seiner Kräfte. Wieder treffen wir uns auf einem kurzen Spaziergang. Diesmal bin ich allein, Pir in Begleitung einer älteren Dame. Ich trete zur Seite, um beide an mir vorüber gehen zu lassen. Da strahlen, ja blitzen Pirs Augen so stark auf, sprühen Funken, so dass ich zuerst vor Freude und Überraschung lache. Dann fühle ich mich aber plötzlich derart mit "Licht aufgeladen", dass ich zu platzen glaube und mit einem Blinzeln abwehre.

Im folgenden Vortrag erklärt Pir: "Ein Meister kann andere Menschen mit Licht aufladen."

Am letzten Abend gehöre ich zur dritten Gruppe von Murids, die ein Wazifa von Pir bekommen soll. Bei den beiden ersten vorabendlichen "Runden" hatte es nicht geklappt, und so sitze ich nun bei den letzten, übriggebliebenen Schülern, zusammen mit anderen Seminarteilnehmern, die ebenfalls ein Mantra bekommen werden. Ich rechne damit, wieder mein altes Wazifa zu erhalten, denn an seiner Verwirklichung werde ich ja lebenslang zu tun haben. Da hält Pir genau vor mir inne und stellt die merkwürdige Frage: "Wo sitzt der letzte Murid?" Malik weist auf mich. Pir überlegt lange und gibt mir eine arabische Wortkombination, die er an den drei Abenden niemandem gegeben hat: Es werde Licht; Manifestierung des göttlichen Lichtes. Bei der Kosmischen Messe, während der ich neben Pirs Ehefrau Mary sitze, macht Pir das Licht zum Thema des Gottesdienstes und lässt Textstellen, die sich auf das göttliche Licht beziehen, aus den heiligen Büchern vorlesen.

Seit diesem Seminar muss ich immer aufpassen, was Pir ganz zuletzt oder gegen Ende eines Seminars sagt. Oft steht er dann bereits neben seinem Platz und oft habe ich die Hoffnung schon aufgegeben, da sendet er mir ein klärendes Bild, gibt mir einen neuen Lernimpuls oder beantwortet eine drängende Frage.

Das Traum-Bild

Mir träumte: Ich betrachte eine Fotografie Pirs. Sie stellt ihn bartlos dar, mit feinmodellierten Ohren, sensiblem Mund, kräftiger, wohlgeformter Nase, mit bereits angegrautem Haupthaar und schwarzen Brauen über dunklen Augen. Ihr Ausdruck: wachsam gerichtet und sehr sanft.

Während ich es betrachte, verwandelt sich das Porträt blitzartig. Auf dem nun gerahmten Bild erblicke ich das Antlitz eines orientalischen Prinzen: vornehm, edel, märchenhaft schön. Eine intensive, tiefe Liebe erfasst mich und durchdringt mein ganzes Wesen:

Meinem Traum
oder dem Rosengarten
einer persischen Miniatur
entstiegen
traf ich
an einem unbekannten Ort
den Geliebten
dessen Ur-Bild
in den Tiefen meiner Seele
schlummert
als Spiegel dort
auf sein Abbild
wartet
Edel geschwungene Lippen
darüber ein violetter Schatten
Augen aus Feuer
dunkel und voller Rätsel
ein Land
gemeinsamer Ausflüge

Mein Herz
brannte

"Two Mirrors Reflect Eachother"
(Zen-Spruch)

Todtmoos

Mein Lehrer kommt in den winterlichen Schwarzwald, ganz in meine Nähe! In Todtmoos wurde für drei Tage die Wehratal-Halle gemietet.

In diesen Tagen erfahre ich aber nur seelische und körperliche Energietiefs und es scheint mir, als ob Pir sein gesamtes Lehrprogramm: die Erfahrung höherer Welten und der eigenen Engelnatur, in die ersten beiden Tage hineinpressen will.

Am Sonntag, dem letzten Retreattag, erwähnt Pir Vilayat, dass er während der Mittagspause Graf Dürckheim besuchen wird, der in Rütte bei Todtmoos wohnt und dort - zusammen mit Maria Hippius - das "Institut für initiatische Therapie" leitet.

Ich ertappe mich dabei, wie ich diese beiden Lehrer miteinander vergleiche und Pir dabei abwerte. Meine geringschätzigen Gedanken bereiten mir unerträgliches Unbehagen und ich erkenne, dass ich Pir als Spiegel für meine eigenen mehr oder weniger unbewussten Minderwertigkeitsgefühle benutze. Ich bin todunglücklich, als ich in meine Pension zurückfahre und dort in einen tiefen Schlaf falle, aus dem ich völlig erfrischt und frei von Zweifeln aufwache. Der Blick auf die Uhr zeigt, dass ich nur mit größter Eile rechtzeitig in der Wehratal-Halle eintreffen werde. Dort angekommen, mache ich ein zweites Mal in Pirs Nähe eine sogenannte

"Flow"-Erfahrung. Das Erlebnis ist eigentlich recht trivial, obwohl es sich nur schwer beschreiben lässt:

Hastig hole ich Handtasche und Decke aus dem Auto und eile, beides unter die Arme geklemmt, den Hang zur Halle hinunter. Dabei überlege ich, wie ich den Riemen der Umhängetasche über die Schulter und die zerknüllte Decke gefaltet bekomme, wenn beide Hände diese Dinge festhalten. Da passiert das Unvorstellbare. Es ist, als flöge das Lederband der Tasche über meine Schulter, auch die Decke entrollt und faltet sich so mühelos, dass es mir fast wie Magie vorkommt. Für einen kurzen Moment habe ich das Gefühl, im luftleeren Raum zu agieren, in gänzlicher Schwerelosigkeit. Ich blicke auf und schaue in die Augen Pirs, der kurz vor dem Eingang der Halle stehen geblieben war, meinen Bemühungen zugeschaut hat und mir nun zunickt. Ich entdecke in seinem Gesicht nicht die Spur von Verstimmung über meine Wertkrise.

Der Sufi-Lehrer berichtet uns über sein Zusammentreffen mit Graf Dürckheim: "Es war wunderbar. Wir begrüßten uns, meditierten miteinander und sagten uns während dieser Stunde des Schweigens alles."

Nach seinem letzten Vortrag aber, er steht bereits neben dem kleinen Podest, sagt Pir: "Bringen Sie Ihrem Lehrer immer Hochachtung entgegen; ohne diese ist es kein Lehrer-Schülerverhältnis!"

Im Gayan seines Vaters lese ich: "Keine Liebesgabe kann kostbarer sein als ein Wort oder Zeichen der Hochachtung; denn der höchste Ausdruck der Liebe ist die Hochachtung."

Ein junges Paar lässt sich nach dem Universalen Gottesdienst von Pir den Segen für ihre eheliche Gemeinschaft geben. Es sind Freunde von mir. Noch haben sie den

Ehevertrag vor dem Standesamt nicht legalisieren lassen, wie Pir das zur Voraussetzung macht. Ich wundere mich, dass Pir Vilayat diesmal davon Abstand nimmt, dass sich beide etwas gegenseitig ins Ohr flüstern, dass sie sich etwas fürs Leben versprechen.

Später erfahre ich, dass das Paar am Vortag eine heftige, unschöne Auseinandersetzung hatte. Die Partnerschaft wird dann auch nur noch wenige Monate dauern.

Ich habe meine Tochter Ruth in aller Frühe geholt, damit auch sie den Segen Pirs erhält. In ihrem weinroten Samtkleid steht die 7-Jährige vor dem ehrwürdigen Greis und blickt ihn mit ihren blauen Sternenaugen an. Pir reicht ihr eine brennende Kerze und lässt sie versprechen, immer die Wahrheit zu sagen. Ruth zögert und nickt nur. Pir bemerkt dieses Zaudern und fügt hinzu: "Damit wirst du den Menschen helfen können." Ich stehe hinter Ruth und sehe wie Pirs Blick von der Tochter zur Mutter gleitet und hätte jetzt gerne seine Gedanken gelesen.

Ich frage scherzhaft einen Freund: "Was meinst du; in welchem Beruf kann man den Menschen helfen, indem man die Wahrheit sagt?" Der antwortet ohne Zögern: "Als Wahrsagerin."

"Das Licht des Meisters kommt aus der Nacht, durch die er gegangen ist; sein Wissen blüht auf dem Hintergrund des Nichts-mehr-Gewussthabens. Seine Kraft kommt aus der Bekanntschaft mit Schwäche und Tod, seine Liebe aus durchlittener Einsamkeit. Ein Meister ist ein Mensch, der durchlässig geworden ist für sein Wesen."
(Graf Dürckheim "Der Ruf nach dem Meister")

Khumb Mela

Im Sekretariatszelt des Sommercamps entdecke ich eine Liste, in die sich Interessierte an einer Fahrt zur Khumb Mela nach Indien eintragen können.

Alle zwölf Jahre, wenn Jupiter, das Planetensymbol für den geistigen Lehrer, wieder im Jupiterzeichen Fische steht, "kommen Rishis, Sannyasins, Sadhus und massenhaft Pilger in Hardwar (sechs Fahrstunden von Delhi entfernt) an einer Stelle, wo zwei Flüsse ineinander fließen, zu einer heiligen Zeremonie zusammen. Sie gehen zum rituellen Bad in den Ganges - mit der kleinen Hoffnung, einen wertvollen Tropfen Ambrosia zu erhaschen, das Shiva aus dem Ozean des Raumes herausdestilliert hatte und versehentlich im Ganges verschüttete, als der Teufel versuchte, ihm diese Kostbarkeit zu entwinden.
Man begegnet der seltsamsten Auswahl von Asketen. Einige sind unheimlich - mit Asche bedeckt oder eine sehr ungewöhnliche Kopfbedeckung oder Kleidung zur Schau stellend-, auch Unbekleidete sind da, solche mit eigenartigem Schmuck, Flaggenschwenkende und solche mit ominösen Waffen, die mit Glocken versehen sind, um Bären und Panther in der Bergwelt zu vertreiben. Und unter diesen ist vielleicht ein Heiliger mit Licht in den Augen, mit vornehmen Benehmen und mit Verwirklichung in seinem Blick, der bettelt wie ein gewöhnlicher Bettler und doch so inspirierend ist. "

Das hatte Pir in einem Keeping in Touch-Letter geschrieben und die Erinnerung an seine Worte: "Ich stand einst bei einer Khumb Mela in der hintersten Reihe, eingepfercht in ein wogendes Menschengetümmel. Da teilte sich plötzlich die Menge vor mir und für den Bruchteil einer Sekunde sah ich in die Augen eines Rishi, der an uns vorbeischritt. Ein König! Und dieser Augen-Blick veränderte mich", lebt in mir auf, als ich mich in die Liste eintrage. Kaum habe ich mich ins Meditationszelt gesetzt, treffen mich der Blick Pirs und die Worte: "Man muss nicht Tausende von Meilen fahren, um seinen Lehrer zu finden!"

Pir als Rishi

Verärgert über einen Disput mit meiner Mutter über "christliche Nächstenliebe", die ich als reine Pflichterfüllung und Werkgerechtigkeit bezeichnet hatte, fahre ich nach Wald-Michelbach zum Dezember-Seminar mit Pir.

In mir viel Dunkles. Schlechte Laune breitet sich polypenartig aus. Auf der Fahrt zur Halle habe ich einen jungen Mann mitgenommen, der so auffällig schwarz gekleidet ist, dass er mir wie die Verkörperung von etwas Düsterem, Unheilvollem erscheint. Seinen abfälligen Bemerkungen über Pir setze ich nichts entgegen.

Pir lässt an diesem Vormittag einen Satz aus Beethovens 4. Sinfonie vorspielen und weist uns auf eine kleine Melodie hin, die versucht, sich gegen die Macht des übrigen Orchesters durchzusetzen, die standzuhalten versucht und das Orchester zu bitten scheint: "Halt dich ein bisschen zurück, damit ich mich finden kann."

In einem Restaurant lerne ich eine Berlinerin kennen, die begeistert von einer persönlichen Begegnung mit Irina Tweedie* erzählt und ausruft: "Ich brauche einen Lehrer zum Anfassen!" Mein Unmut und innere Aufruhr wächst. Ich denke an die jährlich wachsende Menge der Seminar-Teilnehmerinnen und will plötzlich auch einen "Lehrer zum Anfassen". Vielleicht hat sich meine Zeit mit Pir "erfüllt", wie das schon einmal bei einem anderen, weiblichen Menschen der Fall gewesen war, der mich verschlafenen, tumben Tor wachgerüttelt, aus den Stewardessen-"Wolken" heruntergeholt und zu einem Studium der Geisteswissenschaften an die Uni geschickt hatte?

* Irina Tweedie: Sufimeisterin

Beim - verspäteten - Betreten des Saales bin ich bereits in eine finstre Wolke gehüllt. Pir wirft mir einen Blick zu und lässt uns sofort eine Meditation über "anstehende Probleme" machen. Ich frage nach der Effektivität meiner jetzigen Lehrer-Schüler-Beziehung. Kaum habe ich dies gedacht, kommt die Antwort:
"Denken Sie an Beethoven, an den 3. Satz seiner 4. Sinfonie. Hat er die kleine Melodie re-agieren lassen? Sie hat sich gegen das Orchester durchgesetzt. Steigen Sie in Ihre eigene Tiefe und fragen Sie, ob Sie sich getäuscht haben? Fragen Sie Ihr Selbst!"

Alles in mir antwortete mit tiefer, starker Emotion: "Pir ist mein Lehrer!" Ich schäme mich unsäglich.

In der Nacht habe ich folgende zwei Träume: Eine Gruppe von Kindern, die sich in einer Zweierreihe aufgestellt haben, soll aus einer Höhle geführt werden. Obwohl ursprünglich am Anfang, stehe ich jetzt hinter der Kinderschar. Pir, der auf mich gewartet hat, tritt aus einer Nische und führt die Kinder an. Ich weine und rufe verzweifelt: "Nehmt mich doch mit!"

Mein Auto, das einen steilen Hang hinaufgefahren war, bleibt plötzlich mit abgedrosseltem Motor stehen und rollt rückwärts. Am Fuße des Hanges angekommen, habe ich das Gefühl, dass sowohl die Bremsen als auch der Motor nicht mehr funktionieren. Umso überraschter bin ich, als der Wagen anspringt und sich wieder in Bewegung setzt.

Am nächsten Morgen ziehe ich den Tarot-Pagen der Stäbe: Ungewöhnliche Nachricht.

In der Frühmeditation sollen wir Kontakt aufnehmen mit einem Lichtwesen oder Meister. Pir: "Als ich einmal unter einem Baum saß, dem Bodhi-Baum gegenüber, unter dem Buddha erleuchtet wurde, konnte ich plötzlich in sein Bewusstsein eintreten." Während Pir das sagt, sehe ich ihn urplötzlich an einem Weg sitzen, der zu einem kleinen Tempel führt, den ich einmal in Bhatgaon in Nepal besucht habe. Seine Augen sind geschlossen. Er sieht so edel, vornehm und rein aus, dass ich spontan neben ihn knie und wünsche, als seine Schülerin angenommen zu werden.

Ich spüre dabei im Herzchakra den fast schmerzhaften Kontakt zu Pir, der sehr leise und sehr langsam zu uns spricht: "Aus Schwäche handelt man wider seine höchste Überzeugung und Erkenntnis. Man hat sie aus den Augen verloren. In der Meditation erkennt man sie wieder. Und das ist der Grund, warum ich von Beethoven sprach: Nicht reagieren! In der Meditation kann man besser überschauen, was sich abspielt. Man ist geprüft in seiner Intention. Der Meister ist sehr konsequent, ziemlich hart sich selbst gegenüber, tolerant gegenüber den anderen. Wenn es aber darauf ankommt, muss man einem Menschen helfen, sich zu disziplinieren; und wenn man tolerant ist, dann schwächt man ihn nicht. Man nimmt ihm nicht übel, wenn er einem etwas angetan hat. Ich möchte, dass Sie das sehr klar sehen.
Sinn ist: Vorzüglichkeit, das Vornehme. Die Vornehmheit des Himmels will durchbrechen in einem selbst. Bedenken Sie, was das heißt "vornehm"! (Meditationsbild!) Die drei wesentlichen Schritte heißen:

Erkenntnis-Handeln-Entfaltung."

Während Pir das sagt, werde ich in meinem Meditationsbild aufgefordert, die Bettelschale zu nehmen, um Reis zu erbetteln. Ich kann nicht handeln, bin unschlüssig, überlege, ob ich "liebe". Und während ich zögernd dastehe, erscheint meine Mutter, nimmt die Schale und geht mit einer Selbstverständlichkeit damit davon, aber: ohne auch nur einen Blick auf den edlen Rishi zu werfen!

Währenddessen zögere ich noch immer und überlege, dass ich es natürlich auch tun werde, dass aber die Liebe dazu fehle. Das Gefühl des Versagens steigert sich ins Unerträgliche. Da sagt Pir: "Lassen wir das nun. Arbeiten wir ein anderes Mal daran!" Diese beiden Sätze befinden sich nicht auf der Tonbandaufnahme. Pir hatte sie deutlich "hörbar" in mir gesprochen!!!

Die erlittene Unfähigkeit, nicht ohne das Gefühl von Liebe überzeugt handeln zu können, bedrückt und beschäftigt mich immer wieder. Endlich finde ich bei Rudolf Steiner eine Erklärung meines Handelns, die mich erst einmal überzeugt und beruhigt. In seiner "Philosophie der Freiheit" beschreibt er die echte Sittlichkeitsmaxime des Menschen immer verbunden mit der "Liebe zum Objekt":
"Ich frage keinen Menschen und keine Regel: soll ich die Handlung ausführen? Eine sittliche Tat ist nur m e i n e Tat, wenn sie eine freie (selbstbestimmte; B.Z.) genannt werden kann. Wer nur handelt, weil er bestimmte sittliche Normen anerkennt, dessen Handlung ist das Ergebnis der in seinem Moralkodex stehenden Prinzipien. Werft einen Anlass zum Handeln in sein Bewusstsein und alsbald setzt sich das Räderwerk seiner Moralprinzipien in Bewegung und läuft in gesetzmäßiger Weise ab, um eine christliche, humane, ihm selbstlos geltende Handlung zu vollbringen. [...] Ich fühle keinen Zwang, nicht den Zwang der Natur, die mich bei mei-

nen Trieben leitet, nicht den Zwang der sittlichen Gebote, sondern ich will einfach ausführen, was in mir liegt. [...]

Auf dem Weg zu diesem Ziel spielen Normen ihre berechtigte Rolle. Das Ziel besteht in der Verwirklichung rein intuitiv erfasster Sittlichkeitsziele. Frei ist der Mensch, insofern er in jedem Augenblick seines Lebens sich selbst zu folgen in der Lage ist."

Warum nur empfand ich keine "Liebe zum Objekt" in dieser Meditationserfahrung? Wenige Monate später, während des Sommer-Camps, beantwortet Pir diese Frage.

"Wer es aber gefunden hat, wird staunen. Und staunend wird er König sein."
(Evangelium der Hebräer)

Pir als König

Das Rishi-Erlebnis hatte mich beeindruckt, dennoch die Unsicherheit in meiner Beziehung zu Pir als meinem Lehrer hält an.

Im Sommer 1985 fahre ich für zwei Wochen ins "Camp Omega". Ich will endlich Klarheit und warte auf "Zeichen". Immer wieder kommt es zu eindringlichem Blickwechsel, z.B. bei Pirs Aussagen: "You are not here for me; I am here for *you*!". Oder: "Sie können bestimmte Qualitäten nicht willentlich entwickeln. Sie wachsen organisch! Hat man das Bedürfnis danach, so ist es das Göttliche, das durchbrechen möchte. Dabei unterstützt einzig die Sehnsucht. Die spirituelle Krise, in die ein Mensch gerät, geschieht durch die Konfrontation mit seinem Wesen bzw. mit einem Weisen oder Heiligen. Dabei stellt er seine Diskrepanz fest, die ihn leiden lässt. Franz von Assisi sagt: 'Um herauszufinden, wer man ist, muss man erst durch einen Zustand gehen, in dem man nichts ist'."

Ich will endlich "wissen", ob meine Schüler-Lehrer-Beziehung so echt und stark ist, wie die zwischen Schams Täbriz und Rumi:
In der Mitte des 13.Jh. traf Rumi, Professor der Theologie in Konya, auf dem Heimweg von der Medrese auf den Wanderderwisch Schamsuddin von Tabrisi (Sonne von Täbriz) und wurde für zwei Jahre dessen Schüler. Das Zusammensein mit

dieser geheimnisvollen Persönlichkeit gestaltete sich so ausschließlich und intensiv, dass Rumi seine übrigen Pflichten vernachlässigte, um mit seinem spirituellen Lehrer zusammen sein zu können. Die Eifersucht seiner Familie und Schüler bewirkte, dass Schams notgedrungen Konya verließ und ein untröstlicher Rumi zurückblieb, der sich nun völlig der Musik und der persischen Dichtung widmete, in der er in unzähligen Versen die Sehnsucht nach dem Gelieben und Freund besingt, den er mit dem göttlichen Geliebten gleichsetzt.

Nicht, dass ich etwa an Größenwahn leide, aber es bietet sich mir nur dieser Vergleich an und Pir wird schon das richtige "Maß" für mich finden; nur muss ich endlich deutlich(er) erfahren, wie ich zu Pir stehe. In recht eigenmächtigen Imaginationsversuchen, hoffe ich - vergebens - recht malerisch und verwegen in einem türkischen Basar eine Begegnung mit Shams Täbriz heraufbeschwören zu können! Dieser "Ruf" und mein Wunsch nach einer "exklusiven" Beziehung zu Pir erscheint mir schon gleich darauf kindlich und peinlich.

In diesem Zustand erfahre ich bald einen völligen Zusammenbruch von Erwartungen, Hoffnungen, Vorstellungen.

Am 29.7. morgens, als wüsste ich, dass dies ein entscheidender Tag werden wird, ziehe ich eine Tarotkarte und frage das I Ging. Ich ziehe den Pagen der Kelche (Ziel: Tiefe innere Berührung und Wandlung), das I Ging antwortet mit: 25. Das Unerwartete.

In der Nacht hatte ich geträumt, dass ich durch eine Kastanienallee fahre. Aus den Bäumen prasselten die reifen Kastanien auf mich herunter.

Bei der frühmorgendlichen Sonnenmeditation fordert Pir auf, uns über den Solarplexus von allen Gefühlen des Selbstmitleids und der Desillusionierung zu reinigen und den Segen über dem Scheitelchakra durch den Erzengel der Sonne wahrzunehmen.

In der darauffolgenden Morgenmeditation sollen wir uns mit einem der Meister verbinden.
Pir: "In den Eleusischen Mysterien gab es drei Arten von Einweihungen: 1. Nach Durchschreiten eines dunklen Ganges steht der Neophyt vor der Statue des Apollo. 2. Visualiierung dieser Statue. 3. Der Neophyt durchschreitet in der Imagination die Ebenen der Manifestation (Manifestation-Qualitäten-Archetypen) bis zur göttlichen Intention. Dabei macht er die Erfahrung, dass alles Einheit ist. Er tritt in das göttliche Bewusstsein ein und erlebt die Präsenz des göttlichen Bewusstseins im Einzelnen."

Während der Schweigemeditation am Nachmittag lässt Pir nun die drei Stadien rückwärts durchlaufen: von der göttlichen Intention über die Ideen und Qualitäten zur Manifestation. Ich denke dabei an Pir, an die göttliche Intention hinter der Verkörperung seiner besonderen Qualitäten als Mensch und Lehrer. Da stehe ich in einer spontanen Schau plötzlich vor einem KÖNIG: edel, weise, gütig, wahrhaftig, kraftvoll, prächtig, schön, souverän.

Ihn sehen, ihn zutiefst lieben und als "Ritter" unterwegs und in seinen Diensten zu sein, sind eins! Ich erfahre mich als "erkennend, liebend <u>und</u> handelnd!"

Jetzt war ich fähig, mich in den Dienst zu stellen! Hier also lag die Lösung meines Rishi-Problems, das ich als beschämendes Versagen, als Nicht-handeln-Können erlebt hatte. Als Archetyp des Königs, verehrenswürdig und lebensnah, mit *offenen* Augen (im Gegensatz zum Rishi im Samadhizustand), kann ich Pir nun bejahen und mich liebend in (s)einen Auftrag stellen.

Ein starkes Gefühl der Verehrung, Hochachtung, der Liebe und Dankbarkeit erfüllt mich. Pir: "Mit dem Willen lässt sich nichts in der Meditation erreichen (Ich denke an meinen krampfhaften Versuch, Shamz Täbriz zu visualisieren); es kommt etwas ganz anderes, als man erwartet."

"Der königliche Weg ist der Weg, auf dem wir die göttliche Erbschaft entdecken, die latent in uns anwesend ist. Pir-o-Murshid sagte einst: "Das ist die Tradition des Königs der Könige. Und diejenigen, die diesen Pfad gehen, erkennen einander." (Pir Vilayat)

Nun endlich bin ich bereit.

Bald darauf habe ich einen überaus eindrucksvollen Traum:

Der göttliche Kuss

Mir träumte
Ich stand vor dem Lehrer
hatte tausend Fragen
Er gab Antwort
ernst und fragend

Der Lehrer entschwand

Da
ein lautloses Brausen
ein windstiller Sturm
auf mich gerichtet
ohne Duft und Geschmack
aber voller Süße
ohne Laut und Stimme
aber mich meinend
Ohne Farbe und Form
die Wolke
die den Himmel in sich birgt
die Woge
die das Meer in sich trägt
ein Füllhorn der Liebe

Die Poren meiner Haut
werden zu Toren
jede Faser des Herzens
entrollt sich blüht auf
erzittert und erbebt
unter dieser Gewalt
von unfassbarer Zärtlichkeit

Meine Seele
ganz Hingabe
voller Sehnen
zu sterben
sich aufzulösen
in Atome der Liebe
in der Seligkeit
dieses großen Atems

(Dieses Traumerlebnis wurde so intensiv erfahren, dass ich es auch Jahre später wieder aufleben lassen, mich an den Strom universaler, gerichteter Liebe erinnern und daran aufrichten kann.)

"Geh weiter, auch wenn der Weg endlos ist. Von diesem Weg abzuweichen, passt nur zu den Feigen." (Rumi)

Schatten und Licht (Licht-Schatten)

Die Gewalt sexueller Gedanken verfolgt mich bis in die Träume. Ich versuche ihnen Macht zu nehmen, indem ich hinschaue und sie gewähren lasse. Nach einem Traum, der mich geradezu kopfschüttelnd aufwachen ließ, weil er eine solch haarsträubende Phantasie freigesetzt hatte, die ich in der Alltagswirklichkeit für absurd betrachte, schleiche ich niedergedrückt zum morgendlichen Vortrag und wundere mich nicht als Pir Vilayat uns blütenweißen, reinen Schnee im Hochgebirge visualisieren lässt, dort, wo noch nie ein Mensch seinen Fuß hinsetzte. Mein Schnee bleibt grau, außerdem stapfe ich hoffnungslos und deprimiert im Schatten des Berges herum und hoffe nur, dass Pir diese Übung bald beenden möge.

Gänzlich unerwartet liege ich plötzlich an Pirs Brust und spüre seine tröstende Geste.
O Gott, wie sehr ich ihn und seine liebevolle Art liebe!

Und wie dankbar ich bin, dass er mich unter der ständig wachsenden Schülerschar nicht aus den Augen lässt: Als ich im Sommer-Camp ankam, einen Tag zu spät, fand ich inmitten der dicht sitzenden Retreatteilnehmer/innen noch ein Fleckchen, breit genug für meine kleine Holzbank. Ich ließ mich darauf nieder und dachte: "Pir, ich bin da!" Pir Vilayat, halbverdeckt für mich durch den breiten Rücken eines Schülers, antwortete: "Ich weiß, dass Sie da sind. Ich spüre dann immer so ein Ziehen in der Brust" und deutet dabei auf das Herzchakra.

Ich war überglücklich über dieses Feedback.

Die Tage des Schweigens im Camp verfliegen und ich verliere jedes Zeitgefühl. Welchen Tag haben wir heute? Eigentlich ist das unwichtig, die Zeiten im Camp jedenfalls werden eingehalten und bestimmen meinen Tagesrhythmus. Heroisch stehe ich zur Sonnenaufgangsmeditation auf und stecke noch in meinem ausgeleierten blauen Trainingsanzug, in dem ich geschlafen habe, als ich das weiße Rundzelt betrete. Bei dieser Frühmeditation achtet sowieso niemand auf den andern, denke ich. Und dann stehe ich mitten auf dem runden, leeren Plafond und Pir gegenüber. Wo sind die anderen Schüler? Nur ein junger Mann, der sich um die technische Anlage kümmert, befindet sich mit uns im Zelt. Pir legt die Hand aufs Herz und verbeugt sich. Er grüßt mich mit dem Gruß der Derwische! Doch ich möchte am liebsten davonlaufen. "Was sagt man, nachdem man sich 'Guten Tag' gesagt hat?", lautet der Titel eines Lebenshilfe-Bestsellers. An den denke ich nun und bin froh, dass ich mich in einem Schweigeretreat befinde. Und so verbringe ich fast eine halbe Stunde vor meinem Lehrer sitzend und übe mich darin, das Schweigen auszuhalten.

"Du und ich sind eins!"
ertönt die Trompete.
Der Meister kommt,
beugt sich nieder,
den Schüler zu grüßen:
Dies ist der Wunder größtes.
(Kabir)

Die sexuellen Attacken verblassen je mehr wir an den ersten Stufen der Samadhiübungen arbeiten, bei denen wir uns von unserer Ich-Identität lösen und indifferent von außen betrachten.

Pir verbindet diese Übung nun mit der Vorstellung, dass hinter uns eine Engel-Wesenheit steht, die es zu spüren gilt. Ob es nun das Unglücklichsein über meine diversen, recht bunten "Schatten" ist, das die Bereitschaft zu dieser Erfahrung verstärkt, oder eine Fata Morgana, diesmal nehme ich die An-Wesenheit von etwas wahr, in dem ich mich bewege und bewegt werde. Diese Wesenheit empfinde ich als reine Güte, Nachsicht, Verständnis, Hilfsbereitschaft.

Pir: "Denken Sie an den Schmetterlingstraum des Chuang-Tse. Träumen Sie den Schmetterling, oder träumt der Schmetterling Sie? Die Augenblicke der Erkenntnis sind extrem kurz; kaum hat man sie wahrgenommen, sind sie verschwunden. Es hat nicht viel Sinn, sie willentlich zurückzuholen."

Während der restlichen Tage im Camp stellt sich ein Gefühl der Vertrautheit mit diesem Wesen ein, von dem ich sicher bin, dass es mich ständig begleitet.

Nur wenige Tage später, ich sitze an meinem Schreibtisch und arbeite, veranlasst mich irgendetwas, innezuhalten, aufzuschauen. Es ist, als hülle mich eine zärtliche Wolke von Liebe ein. Ich bin nicht allein. Es gibt mich und diesen Hauch, ein lauschendes Staunen lang.

Diese Erfahrung löst bei mir eine literarische Beschäftigung mit dem von mir bisher vernachlässigten bzw. recht hochmütig behandelten Engel-Geschlecht aus:

Mein Engel

Man sagt, du seist ein Werkzeug Gottes,
ein dienstbar Geist und Bote,
geschaffen aus Licht und Feuer,
ein lebend Instrument
für das Sanctus und das Gloria,
du seist der Stachel meines Gewissens,
mein Fürsprecher bei Gott,
spinnst und knüpfst an meinen Schicksalsfäden,
seist ganz heilig, ganz Melodie,
ganz Liebe und Hingabe
in meinem und im Dienst der Gottheit.

Ich, ein halber Engel,
Eva, die Verbannte,
das Königskind in der Fremde,
du, mein lichter Schatten,
Führerin auf dem Weg zum Licht.
Wann werde ich die Perle finden, den Schatz?
Oder bin ich die Schweinehirtin,
die heimkehrt mit leeren Händen,
getrieben vom Heimweh,
das Herz voll Sehnsucht und Scham?
Engel-Schwester,
ich hab so manche Frage:
Weinst du echte Tränen,
wendest dich ab, wenn ich lüge?
Verhüllst du dein Angesicht,
wenn ich meine Freiheit missbrauche,
ziehst dich zurück für eine Zeit?

Wo find ich dich?
Ich spüre keinen Hauch im Nacken,
keine Hand auf meiner Schulter,
kein Flüstern im Ohr
und die Kerze flackert nicht auf meinem Tisch.

Sei nicht so übersinnlich!
Leg die Harfe zur Seite,
greif zum Saxophon,
spiel mir eine Melodie
voller Kraft, Schwermut und Poesie.
Sei Brücke zum andren Menschen.
Mach, dass meine Tränen Perlen sind,
nach denen wir gemeinsam tauchen
in den Tiefen,
befreit und voller Glanz.

Sei meine Freundin, Engel.
Sei meine Hand, die schreibt.
Lass meine Augen zu Spiegeln werden,
zu Fenstern, durch die du schaust,
Ausschau hältst nach verwandten Seelen,
strahlend, liebend, ernst.
Du, Antlitz im Spiegel meines Grundes.

Eine Antwort finde ich später in einem Gedicht von Christian Morgenstern:

Der Engel

O wüsstest du, wie sehr dein Antlitz sich verändert,
wenn du mitten in dem Blick,
dem stillen, reinen, der dich mir vereint,
dich innerlich verlierst und von mir kehrst !
Wie eine Landschaft, die noch eben hell,
bewölkt es sich und schließt mich von dir aus.
Dann warte ich. Dann warte schweigend ich
oft lange. Und wär ich ein Mensch wie du,
mich tötete verschmähter Liebe Pein.
So aber gab unendliche Geduld
der Vater mir und unerschütterlich
erwarte ich dich, wenn du immer kommst.
Und diesen sanften Vorwurf selber nimm
als Vorwurf nicht, als keusche Botschaft nur.

Die Verbeugung

Pir fordert uns wieder einmal auf, eine Seelenlandschaft zu visualisieren. Nach einer mir schier endlos erscheinenden Zeit, in der ich nur ins Dunkle starre, ohne irgendetwas zu sehen, macht Pir eine Pause, in der er uns die geschauten Bilder gegenseitig schildern lässt. Das hat er bisher noch nie getan. Da es nichts zu erzählen gibt, höre ich mir etwas halbherzig die begeisterte Schilderung meines Nachbarn an. Da, völlig unerwartet, bittet Pir Vilayat uns, noch einmal einen Versuch zu machen und augenblicklich geschieht etwas mit mir:

Ich spüre die Anwesenheit dreier "Derwische". Zwei sehe ich vor mir stehen und sich vor einem dritten verneigen: vor mir! *Gleichzeitig* weiß ich, dass Pir sich verneigt, Pir, der sicher in unveränderter Haltung vor uns Schülern sitzt. Und diese Wesen, sie sind unbeschreiblich vornehm, edel, großartig. Sie sind so wunderbar in ihrer Erhabenheit, dass ich Sehnsucht habe, zu ihnen zu gehören.

Später weiß ich auch, warum sie erschienen und sich vor mir verneigten: Ich hatte bei einer Wazifa (Qualitäten)-Meditation aufbegehrt: "Nein, ich will nicht irgendeine besondere göttliche Eigenschaft 'haben', ich will ein Gottesdiener sein!" Ein Ruf, der aus tiefsten Tiefen aufstieg, den mein Verstand allerdings äußerst verwundert und skeptisch betrachtete. Zu Hause verwarf ich diese "kindische"

Anwandlung sogar, obwohl ich wusste, dass sie die einzig richtige Entscheidung war und ist.

Am Ende des Seminars lässt Pir uns eine negative Eigenschaft, die wir gerne loslassen möchten, auf einen Zettel schreiben. Diesen sollen wir dann zerreißen und in einen Behälter werfen. Ich stehe in einer langen Schlange und warte, bis ich an der Reihe sein werde. Auf meinem Papierschnipsel steht: Ich will frei werden vom Sein- und Habenwollen.

Ich bemerke, dass Pir kurz zu mir herüberschaut und irgendwann ist es soweit. Ich stehe vor ihm, zerreiße meinen Zettel und werfe ihn in das Gefäß. Enttäuscht stelle ich dabei fest, dass Pir mich gar nicht anschaut, sondern zu den noch Wartenden blickt. Plötzlich packt mich eine innere Kraft und ich beginne, mich mit meinem Oberkörper langsam und tief vor Pir zu verneigen!

Am tiefsten Punkt denke ich mit Entsetzen daran, wie peinlich es sein wird, wenn ich mich aufrichte und Pir schaut mich nicht an. Aber meine Befürchtung bewahrheitet sich zu meiner größten Erleichterung nicht. Aus Pirs Augen perlt die Freude geradezu; eine Mischung aus Liebe und amüsiertem Lächeln.

"Denke daran, wie lange ich schon auf deinen liebevollen Blick warte " (Iqbal)

Der göttliche Blick

"Schließ nun den Mund vom Sprechen und trink der Lippen Wein, damit das trunkne Auge durch Blicke spricht allein."

"Still bin ich, nur, Schenke, eins:
um die Ernüchterung zu bannen,
Mach trunken mein Herz –
steht doch nach Wein sein Verlangen."
(Rumi)

Pir: "Einige von Ihnen haben große Sehnsucht nach Ekstase." (Blickwechsel)

Pir teilt nach einer Pause mit, dass er den inneren Auftrag habe, uns zu segnen. Ich kann es nicht glauben: Pir Vilayat hat - außer bei den Einweihungen - seit Jahren während der Seminare keinen persönlichen Segen mehr gegeben. Nun stehen etwa 200 junge und alte Menschen in einem großen Kreis auf einer kleinen Anhöhe vor der erhabenen Kulisse des Mont Blanc-Massivs, den Blick erwartungsvoll auf ihren Lehrer gerichtet. Es gelingt mir kaum, die Tränen zurückzuhalten, das Herz schlägt wie wild in der Brust. Bei der Morgenmeditation hatten sich mir die Verse "Still bin ich, nur, Schenke, eins ..." in ständiger Wiederholung geradezu aufgedrängt und nun zögere ich, das Segensangebot anzunehmen! Ich denke an meine zerzausten Haare, die verbrannte Nase und rotgeränderten Augen. Meine Eitelkeit scheint zu siegen.

Die Sonne steht bereits im Zenit und sticht unbarmherzig auf die Gruppe herab. Einer nach dem anderen, Schülerin und Schüler, war mit strahlendem oder scheuem Blick auf den Sufi-Lehrer zugetreten und hatte seine segnenden Hände über Kopf und Schultern gespürt. Niemand scheint mehr übrig zu sein. Pir wendet leicht den Kopf zur Seite, als warte er auf jemanden. Da endlich trete ich hinter seinem Rücken hervor, neben ihn, leicht schwankend, erhitzt und ermüdet von der Mittagsglut.

Mit unsicherem Blick schaue ich ihn an und mein Herz jubelt, als ich merke, wie Pirs Augen aufstrahlen. Seine Rechte berührt leicht meine Schulter und schiebt mich vor sich, während er mich mit seinem von allen so ersehnten liebevollen Lächeln beschenkt.

Was dann geschieht: ein Traum, eine Vision, ein Mirakel: Pir schenkt mir Shanaz!

Mit weit aufgerissenen Augen stehe ich vor ihm und empfange den "Blick des Königs", den göttlichen Blick, getränkt mit reinster, innigster Liebe, die aus seinen Augen perlt. Aber ich empfange diesen Liebesstrom nicht nur, sondern empfinde mich selbst in diesen liebenden Augen des Lehrers, der mich/sich anschaut: Sender, Empfänger und Medium Liebe sind eins; einen staunenden Augen-Blick lang.

Pir lässt die Hände sanft an Kopf und Armen hinunter gleiten, legt seine Hand ans Herz. Ich falte die Hände zum Dankesgruß und während ich noch erschüttert den Kopf senke, schießt mir der unerträgliche Gedanke durch den Sinn: "Wenn ich jetzt hochblicke, wird Pir sein übliches freundlich-sanftes Lächeln auf den Lippen tragen und alles war nur Einbildung gewesen." Blitzschnell schaue ich über die Fingerspitzen hinweg nach oben und geradewegs in seine warmen Augen, die noch immer in unfassbar tiefer Liebe auf mir ruhen.

Mit weichen Knien laufe ich zu meinem Zelt und überlasse mich dem Tränenstrom.

Shanaz

Der Lehrer ruft
den Schüler zu segnen
mit seinem liebevollen Blick
seinen strahlenden Händen
über Haupt und Schultern
Scheu und Ehrfurcht
die Gaben des Schülers
Segen und Liebe
das Geschenk des Pir
des Älteren und Freundes
bei diesem Geben und Nehmen

Himmel spiegeln sich im Meer der Augen
einer des andern Tor
zur Welt von Licht und Liebe
der Lehrer dem Schüler
der Freund dem Freund

Manchmal geschieht es
das "große Geschenk"
Shanaz
der Blick des Murshid
der göttliche Augen-Blick

Der Schüler wird
zum Blick des Lehrers
Nicht die Augen sehen
Es ist die Liebe
die Brücke
gespannt zwischen Augenpfeilern
darauf tanzen Schönheit und Glanz.

Freude und Schmerz
reichen einander die Hand
Frage und Antwort
Sehnsucht und Erfüllung
begleitet vom Gesang der Herzen
Schüler-Lehrer-Gott

Schattenkonfrontation

Nach der Shanaz-Erfahrung kommt es bald zu einem Rückschlag. Ich empfinde plötzlich keine Liebe mehr zu Pir, das Meditieren zu Hause erleide ich als ein ganz offensichtlich fruchtloses Bemühen, reine Zeitvergeudung und überhaupt gibt es nicht die geringsten Anzeichen von spirituellem Fortschritt.

Immer wieder versuche ich mich an den mutmachenden Zeilen Sri Aurobindos an seine Schüler aufzurichten, die ich in mein "Trost- und Durchhalte-Büchlein" schreibe:
"Wenn man Gott will, dann nimmt es Gott selbst auf sich, das Herz zu reinigen, die religiöse Disziplin zu entwickeln und die notwendige Erfahrung zu geben. Dass man in einem fortschreitenden Sich-selbst-Geben seinen Glauben und Vertrauen auf Gott setzt, das ist tatsächlich das Prinzip des religiösen Fortschritts, dem ich selbst folge und es ist der zentrale Vorgang des Yoga, wie er mir vor Augen steht.

Es handelt sich darum, mit den hilfreichen Kräften in Verbindung zu kommen und zu bleiben, und zu diesem Zweck musst du dich auch daran gewöhnen, Eindrücke, die andere dir aufzwingen, abzustoßen, Niedergeschlagenheit, Zweifel, Selbstvorwürfe und ähnliche Störungen. Alles übrige ist Gottes Gnade, auf die man sich fest verlassen muss. Beiseitetreten und das göttliche Wirken in dir anschauen. Mit diesem Wirken verbindet sich oft Störung und Aufruhr im System, darum ist der Glaube notwendig, wenn auch vollkommener Glaube nicht immer sofort möglich ist. Wenn Zweifel dich anfällt, warte bis er vorüberzieht und halte am Prinzip des Yoga fest, am Sich-Überantworten.

Befreiung kommt nicht als plötzliches Wunder; sie kommt als ein Prozess der Reinigung."

Satprem, ein Schüler Aurobindos, schildert meinen Zustand sehr treffend: "Die schwierigste Prüfung der Übergangszeit ist die innere Leere; nach einer fieberhaften Geschäftigkeit des Geistes. Das ist das unverkennbare Zeichen, dass eine Verinnerlichung stattgefunden hat. Dennoch findet man während der Meditation ebenfalls eine Leere. Dieser Übergangszustand könnte leicht zu einer Art Nihilismus führen - draußen nichts und drinnen nichts. Wir sind weder auf der einen Seite, noch auf der anderen. Vielleicht hat der Mensch sogar erfahren, wie seine Grenzen plötzlich gesprengt wurden und er sich zu einer neuen Höhe emporschwang. Und dann ist nach diesem Blitzstart plötzlich über alles ein Schleier gefallen, als hätte er nur geträumt oder sich von einer Begeisterung hinreißen lassen, die eigentlich kindisch war - etwas rächt sich in ihm und ruft Zweifel, Abneigung und Auflehnung in ihm hervor. Und das wird das zweite Zeichen sein, vielleicht sogar das wahre Zeichen, dass er vorwärts schreitet und sich mit der harten Wirklichkeit seiner Natur auseinandersetzt oder vielmehr, die herabkommende Kraft in ihm zu hämmern begonnen hat. Es ist eine seltsame Umkehrung des Bewusstseins: alles ist gleich und doch ist alles anders. Dieselbe Kraft ist am Werk, aber mit negativen Vorzeichen:
Reines verwandelt sich in Unreines, Gutes ist nur ein verkehrtes Böses. Hier gilt es, nicht sein Gleichgewicht zu verlieren und sich mit Vertrauen einer Bewusstseinskraft zu überantworten, die niemals ein größeres Maß an Widerständen aufkommen lässt, als man zu ertragen vermag."

Dennoch, als ich zum Ostertreffen auf die Loreley fahre, stecke ich in einer dicken Dunstglocke von Unzufriedenheit. Es dauert mir alles viel zu lange. Unerträglich dieses Warten auf die Erleuchtung!

Auf dem felsigen Loreleyhügel befindet sich eine Jugendherberge, neben der ein rot-weißgestrichenes Bierzelt aufgebaut ist, in dem Pir bereits mit seinem ersten Vortrag begonnen hat, als ich eintreffe. Pir erklärt, dass er sich glücklich schätze, hier zu sein, denn vor vielen Jahren habe er an dieser Stätte an einem internationalen Jugendtreffen teilgenommen und sich damals gewünscht, hier einmal selbst Seminare abzuhalten. Ich bin entgeistert: Dieser etwas schäbige Ort soll einmal Pirs Wunschtraum für ein Treffen mit Leuten aus aller Welt gewesen sein, und dann in einem solchen Bierzelt!?

Meine Ungeduld mit meinem spirituellen Fortschritt steigert sich, macht sich unangenehm bemerkbar durch schlechte Laune und Missbehagen. Pir scheint das wahrzunehmen und geht darauf ein: "Es ist Gott, der die Initiative ergreift, der Mensch antwortet. Manche von Ihnen benehmen sich wie eine Fliege in einer offenen Flasche. Sie rast kopflos gegen die Glaswand. Hielte sie einen Moment inne, würde sie den sanften Lufthauch über sich wahrnehmen und in die Freiheit aufsteigen."

Tarik, ein libanesischer Druse und Freund, verkauft in den Pausen seine Seidenbatiken mit arabischer Kalligraphie. Sicher wird er mich fragen, ob er mir eines seiner Stücke schenken darf, und ich weiß auch schon, welches: das Motiv eines hochbeinigen Vogels, geformt aus arabischen Schriftzeichen. Da nähert sich Pir dem Verkaufstisch, einer steinernen Tischtennisplatte. Sofort eilt Tarik auf ihn zu und bietet ihm an, sich eine Batik als Geschenk auszusuchen. Pir lässt den Blick langsam über die Seidenpracht gleiten und greift nach dem weißen Vogel. Ich lege nun keinen Wert mehr auf ein anderes Exemplar.

Mein Unmut steigert sich zusehends. Der Lärm des vorbeiflutenden Straßenverkehrs vor meiner Pension am Rhein macht den nächtlichen Aufenthalt unerträglich. Ich esse zuviel Gyros und beteilige mich an Tischgesprächen, die nichts als Trivialitäten zum Inhalt haben. Dann ist das Maß meines Unbehagens voll und ich beschließe abzureisen mit dem ungehörigen Gedanken: Außer Spesen nichts gewesen.

In der Nacht habe drei sehr eindrucksvolle Traumbilder:
Ich blicke auf eine Schatz-Karte, die die Form eines gespaltenen Herzens hat.

Dann stehe ich am Meer und beginne halbkreisförmig das Wasser auszuloten bzw. ich schwinge das Lot wie einen Pendel. Dabei denke ich: Es macht mir gar nichts aus, nicht zu lieben.

Ich suche drei Gläser, finde aber keine sauberen. Plötzlich halte ich ein zartes Weinglas unter den Wasserstrahl. Sein Stiel zerbricht.

Pir-o-Murshid: "Das Herz des Lehrers ist wie Glas, fein und zerbrechlich."
Pir Vilayat: "Der Lehrer hat sich in das Herz aller Wesen hineinbegeben, weil das die Bedeutung von Freundschaft ist. Wie ein Glas, das der Freund zerbrechen kann, wenn er es will, hat er sich in Ihre Hände begeben."

Während dieser Zeit wandert Pluto über meinen Aszendenten. Gewaltige, auf Reinigung und Wahrheitskonfrontation gerichtete Kräfte machen sich bemerkbar und fordern Kooperation. In diesen Monaten habe ich mehrere Unfälle, davon den Totalschaden meines alten roten R 4. Es ist mir bewusst, dass das Auto - vor allem in meinen Träumen - meine äußere "Schale" darstellt, meine Persona.

Die Auseinandersetzung mit den dunklen, ignorierten Facetten meiner Psyche setzt sich in den Nächten in Form von Traumserien fort. Eine davon ist sehr eindrücklich und deutlich: Zuerst erscheint in einem Traum ein stattlicher Schwarzer, der in einem Türrahmen lehnt. Neben ihm steht eine Freundin, die kreativ tätig ist. Eine Zeit später träume ich von einem schwarz-weiß-gestreiften Jungen, und wenige Wochen danach halte ich ein uraltes, hässliches schwarzes Baby im Arm. Ich lege es vor mich, um es zu wickeln und höre jemanden sagen: "Was werden wohl die Leute denken!?" Ich antworte, unbeirrt: "Aus dem Kind wird noch einmal etwas ganz Besonderes!"

Beim Aufwachen bereits weiß ich, dass ich - Gott sei Dank! - richtig reagiert, d.h. mein "inneres hässliches schwarzes Baby" angenommen habe. Aber der bewusste Weg dahin dauert seine Zeit.

"Das Ideal ist das Hilfsmittel, aber seine Zerstörung ist das Ziel" (Pir-o-Murshid Hazrat Inayat Khan)

Auch Pir schreibt in diesen Tagen in seinem Keep in Touch-Brief Nr. 31 folgende "Kritik ":
Mein Ideal des Erhabenen spiegelt einen Archetypus wider und ein Sehnen, das latent, aber zwingend, als Nostalgie in all jenen vorhanden ist, die auf der Suche nach spiritueller Nahrung zu mir kommen. Das Bedürfnis der Leute nach dem Gurubild zwingt mich und in der Tat all diejenigen, die in einer Führungsposition sind, in eine Rolle, in der wir Gefahr laufen, die Konfrontation mit unseren eigenen Fehlern, Schwächen und Unzulänglichkeiten zu vernachlässigen. Da man im Drama des wirklichen Lebens spürt, wie wichtig das Bild für diese Menschen ist, fürchten jene, die in einer Führungsposition sind, dieses Bild zu zerstören, sobald sie Kritik zulassen. Indem wir uns rechtfertigen, nehmen wir uns jedoch die Möglichkeit, Fortschritte zu machen. Das Bild kann nicht lange gewahrt werden, wenn es nicht in Übereinstimmung mit unserer Persönlichkeit ist, so dass letzten Endes unsere Bedenken, dass wir das Bild wahren müssen, um den Menschen zu helfen, sein eigenes Ziel zerstört.
"Es hat keinen Sinn, wenn Sie versuchen, etwas darzustellen, das Sie nicht sind. Wenn Sie mit dem Ende anfangen, werden Sie am Anfang enden." (Pir-o-Murshid)

All diejenigen, die sich freiwillig dazu bereit erklären, den Archetypus, der das höhere Selbst verkörpert, darzustellen, werden entweder ihren Schatten verbergen müssen und wenn er doch entdeckt wird, ihn heuchlerisch rechtfertigen müssen, oder aber geradestehen und sich offen den prüfen-

den Blicken und aller Selbstkritik stellen. Wenn sie/er die Ehrlichkeit und den Mut hat, ihre/seine Mängel zu konfrontieren, wird sie/er zusätzlich die Probleme der Menschen besser verstehen, weil sie/er sich in anderen und andere in sich sieht. So können wir jenen, die auch ihren Schatten verwandeln müssen, wirkliche Hilfe gewähren.
Pir-o-Murshid war sich des Übertragungssyndroms sehr bewusst und warnte die Menschen vor Rollenspielen.
Ein weiterer Nachteil des Gurubildes zeigt klar: Wenn Schüler oder Repräsentanten von mir als von dem Bild denken, das sie auf mich projizieren, statt von mir als wirklicher Person, dann laufen sie Gefahr fehlzugehen, wenn sie annehmen, dass meine Ratschläge absolut sind.

Ich muss Ihr Bild von mir zerstören, damit ich mein Ideal zur Realität werden lassen kann. Und Sie werden es auch zerstören müssen. Da wir so unentwirrbar miteinander vermischt sind, werde ich mich sowohl in Ihrem Ideal wie auch in Ihrer persönlichen Eigenart wiedererkennen müssen, genau wie Sie sich in meinem Ideal wie in meinen Fehlern erkennen, ohne die Brille Ihres Bildes oder meines Bildes, die die Realität verzerrt."

Nach der Lektüre dieses Letters schreibe ich einen Brief an Pir - den ersten in zwölf Jahren -, spricht er doch genau die Thematik an, in der ich zur Zeit stecke, die Schatten-konfrontation:

Pir Vilayat I. Khan
23, rue de la Tuilerie
F-92150 Suresnes 24. Mai 1987

Lieber Pir,

großen Dank für den Keeping in Touch-Brief Nr. 31 vom Januar.

Bitte lassen Sie mich ihn zum Anlass nehmen, Ihnen meine Gedanken und Bedenken zu formulieren.

Ich bin Ihnen 1975 im "Camp des Aigles" das erste Mal begegnet. Es war die Begegnung mit (m)einem Ideal. Vier Jahre später bat ich Sie um die Einweihung in den Sufi-Orden.

Trotz zeitweiliger Rebellion und psychischer Widerstände spürte ich in all den vergangenen Jahren meine Liebe zu Ihnen wachsen und die göttliche Führung, die dadurch möglich wurde.

Sie vermochten mich auf den Sufi-Weg zu locken, für das Ideal des "königlichen Menschen" zu begeistern. Ich begriff, um was es dabei geht: die Verwirklichung des Göttlichen, indem ich Sie als Lehrer bzw. das Göttliche in mir, immer mehr zulasse.

Sie gaben sich mir dabei in dem Maße zu erkennen, in dem ich mich selbst erkannte. Diese Erfahrung wurde begleitet von einem Gefühl tiefer Liebe und Dankbarkeit zu Ihnen.

Aber das Pendel blieb natürlich nicht auf "Hoch", es folgte unvermeidbar das "Tief".

"Wenn Sie mit dem Ende (Ideal) anfangen, werden Sie am Anfang enden" (Pir-o-Murshid).

Lieber Pir, ich bin zur Zeit wieder am "Anfang" und konfrontiere nun den "Schatten", den ich doch bereits zu kennen meinte und dem Sie, mit der Absicht, das Ideal zu betonen, bisher kaum in Ihren Vorträgen und Übungen die not-wendige Aufmerksamkeit einräumten.

Das von Ihnen für uns Schüler zu imaginierende Ideal wirkt sich zur Zeit so erdrückend und lähmend auf mich aus, dass ich versuche, es sanft beiseite zu schieben, weil ich es nun mehr als ein Hindernis erfahre.

Das Buch "The Cloud of the Unknowing", J. v. Kreuz, E. Underhill und andere Autoren, die diese unvermeidbare Konfrontation mit psychischen Dunkelheiten im Bewusstwerdungsprozess des religiösen Menschen erklären, sind mir jetzt eine wertvolle Hilfe. Aber auch Zen, auch Bhagwan mit seiner tantrischen Vision des "Hinschauens, Akzeptierens, Nicht-Wertens", damit es überhaupt zu einer Verwandlung kommen kann.

Sicher ist das Sufi-Ideal des "Königs" ein erstrebenswerter Bewusstseinszustand. Ist aber z.B. Großmut wirklich ohne vorherige Konfrontation mit seiner Gegenkraft möglich?

Ich scheine das nicht zu schaffen. Bei aller ursprünglichen Begeisterung für dieses Ideal und meiner augenblicklichen Erschöpfung auf dem Wege zu ihm, scheint mir zur Zeit nur noch der Zustand des "Jenseits von Tugend und Untugend" erstrebenswert zu sein. Er überhöht und befreit mich von diesem Gut-Böse-Schema. Vielleicht wird man bei dieser wertfreien Haltung erst zum "Souverän".

Wie bereits erwähnt, meine ich Ihr wunderbares ideal- und zielorientiertes Konzept verstanden zu haben, bejahe es und arbeite damit. Nun aber konfrontiere ich im gleichen Ausmaß vorhandene "Schwächen", die aus dem riesigen individuellen und kollektiven Sammelbecken des Unbewussten aufsteigen und von mir als peinlich und recht untugendhaft wahrgenommen werden und die Erkenntnis, dass ich bei ihrer Integration göttlicher Hilfe bedarf, nimmt meinem recht hochmütigen Ego doch sehr viel an Basis, hoffe ich.

Ich weiß, dass solche dunklen (Erschöpfungs-)Zustände und Schattenkonfrontationen zur Reinigung des Schülers gehören und finde Trost bei dem Gedanken, dass Gott oder der Lehrer oft und gerade dann besonders nahe sein soll, wenn man meint, keinen Kontakt, keine Liebe mehr zu ihm zu haben.

Bitte, Pir, sprechen Sie im Sommercamp auch über das Thema "Der vollständige Mensch" (nicht nur über den vollkommenen Menschen), d.h. über den Menschen, dem es gelingt, die dunkle, unbekannte, ignorierte Seite seines Wesens zu konfrontieren und als vorhanden zu akzeptieren, um keinen "Schatten" aufzubauen auf seinem Weg zum Ideal.

Ermutigt durch Ihren Brief und in der Gewissheit, dass Sie für das Feedback einer langjährigen Schülerin aufgeschlossen sind,

grüße ich Sie
in Liebe und Hochachtung

Während des Sommer-Camps greift Pir tatsächlich das Thema "Schatten" auf und macht beiläufig die Bemerkung: "Ein Meister braucht kein Feedback".

Als hilfreiches Bild verwendet er eine Szene aus dem großen Ramayana-Epos, in dem König Rama auf der Suche nach seiner mondäugigen Frau Sita die "Affen" um Hilfe bittet und sie als "Brücke" benutzt, um zu seiner Königin zu kommen. Später wachsen den Affen Flügel.

"Man soll nicht gegen seine Schwächen kämpfen, sie sind ohnehin stärker, sondern sie in den Dienst stellen!"
(Pir-o-Murshid Hazrat I. Khan)

Und: "Die menschliche Persönlichkeit wirkt wie eine Linse, die den göttlichen Impuls im Menschen verzerrt. Zum Beispiel:

> Zorn gegenüber Ungerechtigkeit wird zu Hass oder
> Meisterschaft wird zum Egotrip,
> Liebe zu Besitzanspruch,
> Würde zu Eitelkeit,
> Mitgefühl wird zu Nachgiebigkeit,
> Wahrheit zu Herzlosigkeit,
> behutsame Verantwortlichkeit zu Angst oder
> Ängstlichkeit.

Wenn wir uns der tugendhaften "Deckmäntel", hinter denen sich ein aufgeblasener "Schatten" verbergen kann, nicht bewusst werden, wenn wir in der Ehrlichkeit uns selbst gegenüber nicht extrem gewissenhaft sind, tendieren wir dazu, uns auf diese Verdrehungen einzulassen und wir glauben fest daran, nach einem höheren Impuls zu handeln. Nur wenn wir fähig sind, unsere Unzulänglichkeiten als Verzerrung genau jenes Ideals zu erkennen, zu dem wir uns bekennen, kann dieses Ideal die Verwandlung des "Schattens" bewirken und so das göttliche Vermächtnis in unserem Wesen befreien, damit es zur Realität in unserer Persönlichkeit werden kann. Um zu wissen, welches unsere Fehler sind, müssen wir unsere Qualitäten erkennen und die Verzerrungen dieser Qualitäten in unserer Persönlichkeit kennzeichnen. Es ist genau diese Verzerrung einer Qualität, die der Entwicklung dieser guten Eigenschaft in uns im Wege steht. Wenn wir es verpassen, uns diesen Fehler einzugestehen und ihn zu konfrontieren, wird genau dieser Fehler durch synchrone Wechselwirkung in unseren Beziehungen mit Menschen eine Situation hervorrufen, in der wir vor die Wahl gestellt werden, entweder die fehlerhafte persönliche Eigenart im Umgang mit der Situation anzuwenden oder eben die - unverzerrte - göttliche Qualität."

Zu Beginn eines jeden Schweige-Retreats führt Pir mit seinen Schülern eine Art Reinigungs-Pflichtübung durch. Er stellt die Aufgabe, zu überlegen, wer uns Schaden zugefügt hat und zu vergeben (was, wie Pir zugibt, sehr oft eine Überforderung darstellen kann, wenn es sich z.B. um Gewalttaten und sexuellen Missbrauch handelt). Daran schließt sich das Nachdenken über eigenes Verschulden und das Sich-selbst-Vergeben oder Übergeben der Schuld an Gott.

Ich bin fest überzeugt: Diesmal gibt es wirklich nichts, nicht die Spur von Schuld oder schlechtem Gewissen.

Da bittet Pir: "Meditieren Sie darüber; manchmal weiß man gar nicht, dass man jemanden verletzt hat. Versuchen Sie, sich einen Meister vorzustellen und schauen Sie ihm in die Augen."

Ich stelle mir zuerst Sri Aurobindo vor, den großen Denker und Seher, dann Sri Ramana Maharshi von Tiruvannamalai, sein wunderschönes feines Gesicht mit den großen seelenvollen Augen. Plötzlich schiebt sich Pirs Antlitz vor die Gestalt des indischen Heiligen und einen entsetzlichen Augenblick lang steht eine bestimmte Szene vor meinen Augen, die ich vergessen hatte:

Obwohl ich wusste, dass Pir meine Gedanken lesen kann, hatte ich ihn auf der Loreley vor dem Vortragszelt von weitem angeschaut und in sehr respektloser Weise gedacht:

"Hier passiert doch nichts mehr. Ich reise ab." Einen Hinweis auf mein Fehlverhalten und eine Mahnung gab mir der Traum vom gebrochenen Herzen und zerbrochenen Stiel des Weinglases in der darauffolgenden Nacht.

Ich meine, vor peinvollem Entsetzen in den Boden versinken zu müssen. "Ich tue so etwas nie wieder, Pir!"

Da sagt Pir: "Es ist gut. Die Meditation über die Meister war sehr gut!" Eine solche Bemerkung nach einer Meditation habe ich bisher noch nie von ihm gehört und ich fühle mich sehr erleichtert, wenn auch noch immer tief beschämt.

Gedichtete Antwort Pirs auf meine mehrfache Verleugnung und negativen Projektionen:

Das Gelübde

Meine Freundin!
Du hast mich verleugnet.
Mein Herz ruft nach dir,
Es steht weit offen für dich,
schau dein Spiegelbild darin!
Wenn du doch wüsstest, wie schön du bist,
voller Liebreiz und Klarheit.

Schwester!
Du bist ein Teil von mir.
Seit Äonen sind wir verwandt.
Mit unauslöschlicher Schrift,
eingeritzt auf den Tontafeln unserer Herzen:
Schwüre,
gehämmert in Stein,
Gelübde,
unzerstörbar in Blei gegossen.

Geliebte, Amme, Tochter,
mein Herz wartet auf dich!

Satori

Der metallene Ton der Bronzeglocke hatte bereits ein zweites Mal zur Morgenmeditation gerufen. Noch müde, mit schmerzenden Gliedern vom Schlaf auf dem unebenen Waldboden, schlüpfe ich in die Kleidung, kämme mich nur flüchtig, schlinge hastig einen Müsliriegel hinunter und eile den weiten Weg zum runden Meditationszelt. Diesmal wollte ich mich nicht wieder dem nachdenklichen Blick meines Lehrers aussetzen und möglichst vor ihm im Zelt eintreffen.

Außer Atem, Meditationsschemel und Decke unter dem Arm, schlüpfe ich durch einen Schlitz in der Zeltplane und stelle mit Erleichterung fest, dass Pir noch nicht eingetroffen ist. Ich finde eine freie Stelle am äußeren Rand der wartenden Schüler und bemühe mich, stille zu werden. Nachdem sich meine Atemlosigkeit gelegt hat, bemerke ich ein seltenes, "altmodisches" Gefühl. Es ist, als flattere mein Herz. "Wie das einer jungen Frau, die auf dem Brautbett den Bräutigam erwartet", schießt es mir durch den Kopf, "ein merkwürdiges, aber schönes Gefühl, voller Bangigkeit und Vorfreude."

Da betritt Pir das Zelt. Sein Blick gleitet über die Schar und ruht kurz auf mir. Es ist, als ob er sich vergewissere, dass ich anwesend bin. Er beginnt sofort mit einer geführten Meditation. Ich höre ihn sagen: "Wir verlassen nun die Welt der Bilder" und werde hellwach und aufmerksam. Das ist es doch, was ich anstrebe: die "nur"-metaphorische Erlebniswelt hinter mir zu lassen. Ein kleiner Ruck in Brust und Kopf, ich reiße die inneren Augen auf und staune: Ich schaue unendlich viel und sehe "nichts", nichts Gegenständliches. Ich sehe Prinzipien, Ideen, Gesetzmäßigkeiten sich formen zu etwas, was einmal Baum, Kristall, Blatt wird. Wie von weit her höre ich Pirs begleitende Worte: "Ja, es sind Zahlenprinzipien, die sich in der sichtbaren Welt verwirklichen...".

Dann beendet er die Meditation, um sie noch einmal zu wiederholen:

"Nun versuchen Sie es ohne meine Hilfe."

"Oh nein, Pir, Sie wissen doch, dass ich das ohne Ihre Hilfe nicht vermag!", denke ich entsetzt und starre mit geschlossenen Augen ins Dunkel. Ich spüre, dass Pir bei mir ist, mich beobachtet und überlege alle mir zur Verfügung stehenden "Hilfen", um loszulassen. Eine davon endlich ist erfolgreich: Ich stelle mir vor, kosmisch zu sein und verbreite mich im All. Dieses Bemühen um ein Empfinden von Form- und Endlosigkeit hilft!

Plötzlich bin ich wieder auf der Ebene, die ich zuvor erlebte und höre Pirs Stimme: "Now smile, even if you have nothing to smile for!" So merkwürdig und albern ich diese Aufforderung auch finde, ich versuche, die Mundwinkel nach oben zu ziehen und ... lache!!

Ich erlebe mich selbst als den Mittelpunkt allen Ursprungs. Aus *mir* heraus fließen nun die Ideen, Prinzipien, Zahlengesetzmäßigkeiten, die ich in der vorangegangenen Meditation bereits erfahren hatte und ich weiß zugleich, dass dieser Mittelpunkt überall ist.

Dann ist alles vorbei und Pir sagt: "It passes away in a second."

Wie immer gibt mir mein Lehrer eine Bestätigung, dass ich "richtig geschaut" habe, dass es keine Einbildung, kein Phantasieprodukt von etwas Angelesenem war: "Ich habe einmal in einer Kunstgalerie in Philadelphia das Bild eines lachenden Chinesen gesehen und ich habe mich damals gefragt, lacht er, weil ..." Noch bin ich so überwältigt von dem Erlebten, dass ich leider nicht mehr den ganzen Wortlaut des Satzes erinnere, den Pir in englischer Sprache sagt.

Den Rest des Tages verbringe ich damit, mir zu überlegen, ob ich mich freuen soll oder ob ich enttäuscht bin!
Ich freue mich über die erfahrene, erlebte Bestätigung dessen, was ich bei Plotin mit so großer Begeisterung und Interesse gelesen habe und zugleich fordere ich, frage ich: "Wo ist denn da die Erfahrung von Liebe, der *wirkliche* Ursprung meiner Existenz?"

Auch ich denke an lachende Zen-Mönche und empfinde mit ihnen und ihrem Lachen eine völlige Unsentimentalität allem irdischen und übersinnlichen Geschehen gegenüber. Aber warum all das Seufzen, Bitten, Beten der Sufis, chassidischen und christlichen Mystiker? Mir wird bewusst, dass ich weiterhin auf der Suche nach dem Ursprung von Liebe und Freude bin, nach dem "Herzen Gottes".

Der Auferstehungsleib

Pir spricht über den Lichtkörper, den es bewusst zu erschaffen gilt, den die Christen (und Sufis) den Auferstehungs-leib und die Buddhisten den Diamantkörper nennen.

Ich hatte die Frühmeditation ausgelassen und war in meinem Zelt geblieben, weil ich zu wissen meinte, welche Übung Pir mit uns vorhat. Er hatte sie angekündigt: das Entwickeln der inneren Sinne: das Hören des inneren Tons, das Schmecken von Nektar, Sehen von Licht, alles Erfahrungen, deren Misslingen bei mir vorprogrammiert ist.

Als ich dann gegen 9 Uhr erscheine, beginnt Pir mit dieser Übung! Vorher bemerkt er noch: "Wenn Ihnen eine Übung nicht liegt und Sie andere Inspirationen haben, müssen Sie nicht daran teilnehmen." Ich hatte keinerlei Übungen gemacht, sondern einen Mokka gebraut und mir die Augenbrauen gezupft.

Auch nun versuche ich, dieser Übung zu entgehen und ziehe meinen Block aus der Tasche, um an etwas anderem zu arbeiten. Da öffnet Pir die Augen und wirft mir einen strengen Blick zu. Ich senke die Lider und merke, wie sich mir eine bestimmte Wazifa-Kombination geradezu aufdrängt, deren Bedeutung ich aber nicht erinnere. Pirs Stimme dringt in mein Bewusstsein; er spricht über die geistige Essenz, die sich der Mensch erwerben muss und die er den Auferstehungsleib nennt. Das ist die Bedeutung, die durch die mir scheinbar unbekannten Mantren aktiviert werden soll!

In der sich anschließenden Schweige-Meditation frage ich nach der Essenz meines Auferstehungsleibes. Ich stelle mir meine Gedanken licht, klar, unbedingt vor, die Gefühle ebenso hell und sehr liebevoll, meine geistige und körperliche Haltung sollte Großmut und Stärke verkörpern und während ich so vor mich hinphantasiere, stehe ich plötzlich mitten in einer Vision: Ich betrete einen großen Saal und stehe vor einem leeren Thron, an dessen Seite sich zahllose Throne reihen, auf denen wahrhaft königliche Wesen sitzen, Frauen und Männer. Alle verkörpern sie Schönheit, Erhabenheit, Liebe, Frieden, Weisheit, Stärke, aber bei jeder/m ist eine Eigenschaft besonders betont. Ihnen gegenüber stehen Engel. Alle diese versammelten "Beings of splendour"* wissen um das Dunkel, das Drama in der Welt, aber gleichzeitig ist die Präsenz des Göttlichen so stark, dass sich ihre Freude in einem jubelnden Gesang, in einer glorifizierenden Musik zum Ausdruck bringt. Die Quelle der Musik ist nicht sichtbar.

* Beings of splendour: glanzvolle Wesen

Dezember 1988 in Waldmichelbach:

Der Gralsweg

Während einer Pause lässt Pir eine Musik auflegen, deren Klänge mich aufhorchen lassen: Barber's Adagio.

Ich wundere mich, dass Pir eine solch erhabene Musik für diese kurze und unruhige Verschnaufpause gewählt hat, schließe gelangweilt und müde die Augen und reiße sie in der Vision, die sich sofort einstellt, voller Erstaunen auf:

Ich stehe in einem Kreis von Rittern (!) in einem großen Saal. In der Mitte leert Amfortas (?) einen Kelch oder eine Schale. Er trinkt, als höre er nie wieder auf damit, während sich das Crescendo der Musik zu einem extremen Höhepunkt steigert, der während der Schau unerträglich lange anzudauern scheint. Ich meine die emotionale Spannung nicht mehr aushalten zu können und will mich davonstehlen. Da entdecke ich Pir in der ersten Reihe der Ritterschar. Er wirft mir einen strengen Blick zu. Ich bleibe, wundere mich, dass der Komponist die Musik nach diesem Höhepunkt in einer sehr sanften Weise weitergeführt hat und denke: "Ach, es geht ja immer noch weiter!" Damit erlischt die Schau.

Nach der Pause lässt Pir das Adagio noch einmal abspielen und sagt dazu: "Ja, es geht immer weiter und weiter."

Noch immer sehr beeindruckt von dem Geschauten, nehme ich mir nach der Meditation vor, nicht wie üblich an Pir vorbeizuschlüpfen und zu meinem Auto zu eilen, sondern ihm ohne Scheu zuzuschauen, wenn er sich die Schuhe überzieht, in der Vorhalle noch Fragen beantwortet und dann zum Wagen gebracht wird.

Ich schlüpfe in die Stiefel, richte mich auf, während mein Blick zu Pir hinüberwandert. Just in diesem Moment wendet mir Pir sein Gesicht zu. Das geschieht, während er konzentriert einem jungen Mann zuhört! Ein Strahlen flutet über sein Antlitz. Ich erwidere mit einem erfreuten Lächeln und dann "passiert" es, dass meine Augen völlig selbsttätig ein "Blitzen" hinübersenden, ein Blitzen, das Pir mit einem ebensolchen Blick beantwortet. Aus seinen Augen springen Lichtfunken, wie damals auf Schloss Wachendorf, als er versuchte, mich mit Licht aufzuladen und ich erschrocken abwinkte.

Von nun an heißt die "Hausaufgabe": Parzival und der Gral, das heißt, die intensive Befassung mit dem Gralsgeschehen und seiner Bedeutung für meinen Weg.

Der Gralsmythos schildert den meist lebenslangen Entwicklungsweg des Menschen, Parzival, zur Erkenntnis der Einheit seines Wesens mit allen Wesen. Durch diese Erfahrung der All-Einheit erlebt er das Göttliche in sich, im Mitmenschen, im Kosmos. Er wird mitfühlend.

Es handelt sich bei Parzivals Erlebnissen um keine Folge von romantischen Abenteuern aus Ritterzeiten oder um dichterische Phantasie, sondern um ein archetypisches Geschehen im Unbewussten des einzelnen, dafür offenen Menschen. Und der Gral, die heilige Trophäe, ist "kein vom Menschen erschaffenes Ideal, sondern das 'göttliche Idealbild des Menschen' in seiner unbewussten ursprünglichen und in seiner künftigen bewussten Vollkommenheit."
(K. O. Schmidt)

Das lichte Urbild im Menschen befindet sich auf der fragenden Suche, dem Weg zu seinem göttlichen Ursprung oder seiner göttlichen Bestimmung. Dieser Weg der inneren

Reife, Erkenntnis und Offenbarung wird die *Quest* genannt, ein Begriff, der sowohl Suche, wie Frage und Weg bedeutet. Bei diesem suchenden Fragen erlebt die Einzelne, wie sich bei ihrem Vorwärtsschreiten ständig eine neue Horizontlinie ergibt, und so ändert sich auch mit zunehmender Bewusstseinsreife die Art ihres Fragens. Es wird wesentlicher und mündet in der notwendigen, mitfühlenden Frage nach dem, was Not tut oder/und verstummt ganz, wird zur reinen, unmittelbaren Erfahrung. Der erst faustisch fragende Mensch wird, nachdem er immer wieder Zweifel, Verbitterung, Leid durch Unwissenheit und Verzweiflung über seine törichten Handlungen erfahren hat, von der Intuition geleitet, oft auch ein Stück weit von einem Lehrer, der diese Intuition verkörpert. Und der Gral, die Gnade, kommt ihm entgegen, lockt, ruft, spendet blitzartige Einblicke in Schönheit, Weisheit und göttliche Liebeserfahrung.

Die Suchende begreift, dass sie nicht anders kann, als wahrhaftig und mitfühlend zu sein nicht weil sie wie ein Ritter für sittliche Gebote streitet, sondern weil es für sie lebensnotwendig ist, weil sie nur noch das zu leben und lieben vermag, was sie als wahr empfindet. Sie öffnet sich so für die Realität unmittelbarer göttlicher Anwesenheit und Offenbarung

Der Falken-Traum

Die Sonne stand auf der Venus in diesem Jahr 1989:

Unerwarteterweise war ich plötzlich bereit, wieder zu heiraten. Das Objekt der Begierde: ein Norddeutscher, der im Frühjahr ein paar Tage bei einer gemeinsamen Bekannten im Schwarzwald verbrachte. Um mich überhaupt näher kennen lernen zu können, hatte sie ihm empfohlen, sich von mir das Horoskop deuten zu lassen. Der solcherart zur Astrologie Genötigte ist beruflich und seelisch so eng mit seinem Land Schleswig-Holstein verbunden, dass ich den ersten Blumenstrauß in den Farben dieses Bundeslandes erhielt: blau, weiß, rot.

Meine erotischen Phantasien beschäftigten sich sehr intensiv mit diesem repräsentativen Mannsbild aus dem Norden Deutschlands, trotzdem zeigte ich wenig Interesse daran, zu ihm an die Ostsee zu fahren, außerdem, in irgendeiner Weise war Pir "immer dabei" und ich dachte: "Eigentlich liebe ich nur ihn!"

Kurz nachdem ich mich gegen eine feste Bindung entschloss, träumte mir:

Ein weißer Falke* jagt einen kleinen Vogel, der sich in einem Nistkasten zu verstecken sucht. Er scheucht ihn heraus und es ist sicher, dass er ihn bald ergreifen wird. Ich stehe hinter einer Glaswand und empfinde die Angst des gejagten Vogels. Mit kleinen Moosbällchen, die ich werfe, versuche ich das Geschehen zu verhindern.

* Falke: In der mystischen Lyrik Persiens Symbol für sowohl den Schüler (der geschult wird) als auch für den Lehrer oder Gott (der die Jagdbeute, die Seele, ergreift)

Die Liebe zum Göttlichen "kann das Herz des Mystikers in die göttliche Gegenwart tragen 'gleich einem Falken, der seine Jagdbeute forträgt'." (A. Schimmel "Mystische Dimensionen des Islam")

"Der Vogel von Manas (Gemüt/Verstand) fliegt hierhin und dorthin, bis der Falke der Liebe kommt und ihn fängt. Wie kann irgend etwas vor der Gegenwart des Königs bestehen?" (Aus: "Wie Phönix aus der Asche" von Irina Tweedie)

Es gibt kein Unterschlüpfen mehr in bürgerlicher Sicherheit.

Hochmütiger Drache wird zu bereuen haben

In den letzten beiden Tagen hatte Pir bestimmte Lebensschicksale beschrieben, die dazu führten, dass die Betroffenen einen Therapeuten oder Priester aufsuchten und ihr Leben eine neue Wendung nahm. Die Art der Erlebnisse (z.B. die Konfrontation mit Wahrhaftigkeit) und ihre Lösung hatte er jeweils einer bestimmten Bewusstseinsebene zugeordnet.

Heute betritt Pir das Zelt mit einem merkwürdigen Lächeln auf den Lippen und der Hinweis "I am a bit drunken and I want you to be drunken, too. Please don't hold yourself back!", lässt mich aufhorchen und besonders aufmerksam sein.

Pir behandelt die Feuerebene. "Es geht auf dieser Ebene um das Thema Liebe. Ich will das wieder an einem individuellen Beispiel anschaulich machen. Bitte identifizieren Sie sich mit dem folgenden Schicksal!", fordert Pir noch einmal auf. Bilde ich mir ein, dass er zu mir herüberschaut?

"Eine junge Frau gibt ihre berufliche Karriere auf, um den Mann, den sie liebt, zu heiraten. Sie bekommt ein Kind, aber schon bald darauf wendet sich ihr Mann auch anderen Frauen zu. Sie ist zutiefst enttäuscht. Da begegnet ihr ein Priester und sie macht eine unauslöschliche religiöse Erfahrung. Sie entscheidet sich für den spirituellen Weg. Ihre Liebe lebt sie rein platonisch."

Pir lässt nun die 4. Sinfonie von Brahms spielen. Er setzt dabei unsere Kenntnis über Brahms platonische Liebe zu Clara Schumann voraus, die Frau seines Freundes Robert Schumann.

Dann fährt er fort: "Die junge Frau beschäftigt sich mit der Sufi-Heiligen Rabia und identifiziert sich mit deren Einstellung zur Liebe." Es erklingt die wunderschöne Melodie des Rabia-Liedes:

There are two kinds of love
the selfish one
and the love for God

Pir: "Ich bin nicht dieser Meinung. Die Liebe zu einem Menschen ist das Abbild der göttlichen Liebe. So kann göttliche Liebe einen Ausdruck finden.

Die junge Frau arbeitet mit Kindern, die Schwierigkeiten haben und wendet dabei mit Erfolg ihre kreativen Fähigkeiten an. Sie nutzt ihre eigenen Erfahrungen und ihre Weisheit in der Verkleidung des Narren. Eines Tages erfährt sie die 'große Freude'."

Pir lässt die Ode der 9. Sinfonie von Beethoven spielen:

Freude, schöner Götterfunken,

Tochter aus Elysium,

Wir betreten feuertrunken,

Himmlische, dein Heiligtum!

Deine Zauber binden wieder,

Was die Mode streng geteilt;

Alle Menschen werden Brüder,

Wo dein sanfter Flügel weilt.

Wem der große Wurf gelungen,

Eines Freundes Freund zu sein ...

Ich bin wie hypnotisiert. Eigentlich vom ersten bis zum letzten Satz hatte ich das Gefühl gehabt, es handle sich bei der Beschreibung der Frauenpersönlichkeit um die Schilderung meines eigenen Schicksals, das Pir mit diesem verheißungsvollen Ausblick abschließt.

Am Abend gibt Pir seinen Schülern ein Wazifa, das sie die folgenden Tage immer im Bewusstsein halten sollen. Das geschieht, indem er den vor ihm in einem Halbkreis sitzenden Schüler anschaut, die Augen kurze Zeit schließt und das passende Mantra auswählt. Als ich an der Reihe bin, blickt Pir mich an und gibt mir - ohne die Augen zu schließen - ein recht langes Wazifa: Khanun Jamil wa-l-'Ikram. Pir hat sich bereits der Nächsten zugewendet, da wird mir bewusst, dass er mir das Wazifa des weiblichen Sufi-Ideals gegeben hat: Königin der Schönheit und des Glanzes.
In dem Augenblick, in dem ich die Bedeutung erkenne, schaut Pir zu mir zurück und lächelt.
Und dann dauert es nicht lange und ich verheddere mich in den Fangstricken der Eitelkeit: "Ich bin die Einzige, der er dieses Wazifa gegeben hat!", und es gelingt mir nicht, sie abzustreifen. So geschieht es, dass Pir am nächsten Abend gleich zwei Frauen diese Be- und Auszeichnung zum Meditieren gibt.

Am letzten Meditationsnachmittag des Schweigeretreats mache ich eine Erfahrung, die mich todunglücklich nach Hause fahren lässt. Pir fordert uns auf, eine Lichtebene zu visualisieren und die Begegnung mit einer Lichtgestalt darin. Inzwischen hatte ich aber für mich entschieden: keine Bilder mehr! Es sind nur Bilder; die kreative Imagination nur eine

Technik. Ich will den bildfreien Zustand, die unmittelbare Gotterfahrung und nicht weniger!

Ich halte sogar krampfhaft die Augen offen und ein merkwürdig unbehagliches Gefühl stellt sich plötzlich ein, das mir signalisiert, nicht richtig zu handeln, als Pir leise sagt: "Das ist eine Initiation." Kurz darauf ist die Meditation beendet; Pir dreht das Gesicht zu mir und öffnet dann die Augen. Mich trifft ein unendlich trauriger Blick. Als wäre ich zu einer Hochzeit oder einem Festessen geladen und bin nicht gekommen.

Ich stürze verwirrt und unglücklich zu meinem Zelt, ziehe sofort eine Tarot-Karte. Das Kartenmotiv zeigt ein Herz, durch das 3 Schwerter getrieben sind. Entsetzt stecke ich die Karte zurück, mische, ziehe erneut die 3 der Schwerter, wiederhole und muss beim drittes Mal die Aussage zu dieser Karte akzeptieren: Kummer, Herzleid, schmerzhafte Erkenntnis, Enttäuschung, Tränen, schmerzende Kritik, sich einer unangenehmen Einsicht öffnen.

Ich hatte eine eigenwillige Fehlentscheidung getroffen und eine Chance vertan. Nun erst verstehe ich auch das I Ging, das mir zu Beginn des Retreats in einem Hexagramm* warnend mitgeteilt hatte: Hochmütiger Drache wird zu bereuen haben.

"Schau doch
du wirst auf seinem Antlitz
nicht die feierliche Strenge des Königs
oder Richters finden,
sondern das Lächeln
des Geliebten." (Sri Aurobindo)

* Hexagramm: 6-Zeiler

"Ich fragte: Du, mein Gott, wo ist dein Tempel? Die Antwort war: Dein ermattet Herz."
(Rumi)

Cuxhaven

Im Dezember bietet Pir sein Weihnachtsseminar in Cuxhaven an. Ich packe ohne Zögern meine Reisetasche, um die weite Fahrt an die Nordsee anzutreten.

Pünktlich erreiche ich die prächtige Festhalle am Meer. Nach einem Telefonat mit meinem Hotel beschließe ich, mir dort erst einmal die Schlüssel aushändigen zu lassen, da zwischen den Jahren das Hotel als geschlossen gilt. So kommt es, dass ich nun verspätet die Halle betrete. Sie ist terrassenförmig gebaut und ich sehe hinunter zur Bühne, auf der Pir sitzt und mit seinem Vortrag bereits begonnen hat. Pir Vilayat blickt zu mir, die ich noch unschlüssig im Eingangsbereich stehe. Er unterbricht seinen Vortrag und wartet, bis ich mich auf einem Stuhl niedergelassen habe. So schnell es geht, verstaue ich meine umfangreiche Meditationsausstattung unter dem Sitz und um mich herum. Dann setzt Pir seinen Vortrag fort. Und während dieser Minuten habe ich keinen Augenblick das Gefühl, dass Pirs Schweigen einen Vorwurf beinhaltet, sondern eher, als ob es eine Art Ehrenbezeugung ist.

Hat Pir meine Wüstenerfahrung von ferne begleitet? Während der letzten sechs Monate hatte ich nichts "Heiliges, Esoterisches, Metaphysisches" mehr hören, sehen, lesen wollen. In dieser Zeit fühlte ich mich mehr tot als lebendig. Auch der plötzliche Wunsch zu heiraten, hatte mich nicht von meinem spirituellen Elend ablenken können.

Nach der Pause setze ich mich in die erste Reihe, zu denen, die Pir auch physisch ganz nahe sein wollen. Ein Bedürfnis, das ich bisher immer etwas belächelte. Pir baut kunstvoll Übungen aus den unterschiedlichen esoterischen Schulen um das Thema Tempel: Energie-, Atem-, Licht-, Samadhi-übungen verbinden sich mit dem Tempelmotiv und lassen es erfahren. Und natürlich die kreative Imagination, mit der Pir gerne arbeitet. Die Aufgabe ist: "Stellen Sie sich einen ganz heiligen Ort vor." Kaum habe ich die Lider gesenkt, stehe ich vor einem Altar, auf dem meine (alten) Kleider liegen. Im nächsten Augenblick befinde ich mich in einem heiligen Raum und sehe dort Pir vor einer gleißendhellen Lichtquelle stehen. Er winkt mir zu kommen. Ich zögere: "Das Licht ist zu blendend für meine Augen!" Da spüre ich - physisch! - den Druck von Pirs Hand auf meiner rechten Schulter. Pir begleitet mich *und* steht am Lichtbecken.

Mein Lehrer möchte mit mir in das Licht eintreten, aber da verpatze ich diese Erfahrung, indem sich mein Verstand, meine eigenwilligen Bedürfnisse und Vorstellungen melden, sich einmischen. "Ja, Pir, ich weiß, dass man einander in dieser Lichtwelt ohne Worte versteht, dass dort alles wonnevoll ist. Ich aber will in den eigentlichen Ursprung und der ist leer und vielleicht sogar lichtleer. Dahinein möchte ich mich stürzen und auflösen." Sofort ist die Vision, die ganz offensichtlich von Pir gelenkt worden war und mir etwas Wesentliches zeigen wollte, vorbei. Wieder einmal hatte ich durch meine Eigenwilligkeit eine Chance vertan.

Aber dennoch, es war, als hätte Pir in die Cuxhavener Vorträge all das hineingepackt, was mich zur Zeit beschäftigt, wofür ich ein besonderes Interesse pflege: das Gralsmotiv, der Einfluss der mazdäischen Lehren auf den persischindischen Sufismus, und, ich wage meinen Ohren nicht zu trauen, er erklärt die astrologischen Prinzipien. Er beginnt dabei mit Neptun, der in seinem Geburtsbild am Aszendent steht, beschreibt das Jupiterprinzip, das bei ihm im Zenit zu finden ist, gefolgt von Merkur, der seinem Sonnenzeichen Zwillinge analog ist, dann hält er kurz inne und fragt sich: "Soll ich nun über die Venus oder über den Saturn sprechen?" Beide stehen in seinem Horoskop in enger Konjunktion.

Das Symbol des Tempels ist das zentrale Thema dieses und der folgenden Seminare. Pir: "Unser größtes Bedürfnis - den wenigsten von uns bewusst - ist vielleicht das nach Heiligkeit. Was verstehen wir darunter? Für die meisten Menschen ist es offensichtlich das, was uns mit jener unaussprechlich erhabenen Realität verbindet, die sich als Mysterium hinter unserem Leben verbirgt und die traditionell mit dem Begriff "Gott" umschrieben wird. Im Gesichtskreis unseres persönlichen Lebens ist das Heilige enthalten in unserem Gefühl für Würde unseres Status als Mensch, die wir vielleicht als das Göttliche in uns ehren - und deren wir uns immer dann bewusst zu werden scheinen, wenn sie durch Beleidigung oder Demütigung verletzt wird. Wenn die Grenze unserer Selbstachtung angegriffen wurde, fühlen wir uns erniedrigt, verraten, niedergeschmettert. Das furchtbarste Beispiel völliger Vergewaltigung dieses fundamentalen menschlichen Wertes ist die psychische Vernichtung, der Insassen dieser Schandflecken unserer Zivilisation, der Konzentrationslager, ausgesetzt sind.
Torhüter des heiligen Areals unseres Wesens ist der Zorn. Anders als bei der persönlichen Wut, scheint die ganze Menschheit, ja das ganze Universum, mit uns solidarisch zu

sein, wenn es darum geht, die Menschenwürde zu schützen, die das ist, was wir unter dem göttlichen Prinzip unseres Wesens verstehen.

Die Grenzlinie zwischen dem Heiligen und dem Profanen wurde und wird traditionell von der Schwelle des Tempels oder der Andachtsstätte symbolisiert. Reinigungs- und andere Riten dienen dazu, den Übergang vom Weltlichen zum Heiligen zu kennzeichnen. In einigen Kirchen gibt es mehrere Schwellen bis zum "sancto sanctorium", dem innersten Heiligtum, zu dem nur Priester Zutritt haben.

In dieser äußeren Manifestation tiefer Prinzipien zeigt sich das Bedürfnis des Menschen, das, was heilig ist, vor Verletzung zu schützen. In unserer Zeit lockert sich die Aufteilung (in profan und heilig; B.Z.). Viele Menschen versuchen, Spiritualität in ihr Leben zu bringen und ihr höchstes Ideal durch Dienst an ihren Mitmenschen im normalen Leben gerecht zu werden. Nur noch einige wenige, von Lebensläufen enttäuscht und in der Folge dem "Profanen" abhold, suchen Zuflucht in einer spirituellen Umgebung. Kein Zweifel, dass sich hinter dieser Haltung ein Hang zum Urteilen verbirgt, vielleicht auch ein gewisses Lossagen von den Mitmenschen mit ihrem Ringen und Leiden im Kampf des Lebens. Jedoch gibt es soviel Grobheit, Gier und Vulgarität und das Eintauchen in die Machtspiele und den Materialismus führt so leicht zu einer Sucht, dass die empfindsameren Seelen ein verzweifeltes Bedürfnis verspüren, die heilige Zone ihre Psyche zu schützen, zu ehren und zu feiern. Das ist der Grund, warum Menschen meditieren.

Man kann einen Tempel aus himmlischen Licht bauen - das himmlische Gegenstück seiner Aura in einem Tempel aus Licht verwandeln. Der Tempel aus himmlischen Licht darf nicht durch die Begrenzung unseres Denkens beeinträchtigt werden, die durch unsere Vorstellung des physischen Körpers bedingt ist. Das Bewusstsein muss sich weiten bis in die Choreografie der Himmel hinein. Zu diesem Zweck übten sich die Mazdäer* darin, ihr Bewusstsein in den Sternenhimmel auszudehnen. Das hatte zur Folge, dass man die Freude und die Freiheit erlebt, ein Lichtwesen kosmischen Maßstabs zu sein. Tatsächlich besteht zwischen uns und den Sternen eine Gemeinsamkeit. Man stelle sich die Sterne vor als in einem Meer von Licht verschmolzen - und nicht mehr als über den Himmel verstreute Punkte. Um das zu erleben, muss man im Geist die Körperhülle abwerfen und die Freiheit schwerelosen Schwebens im Raum genießen. Wenn man sich im Tanz der Derwische dreht, wie es Mevlana Jelal und Din Rumi seinen Schülern beibrachte, beginnt man sich in einem gewissen Stadium mit seiner Aura zu identifizieren, und nun ist sie es, die den Körper in die Bewegung zieht. Aber der Körper kann auch unbewegt bleiben, während die Aura sich dreht.

In einem weiteren Stadium überwinden wir unser Gefühl von Raum, das ja nur ein Rahmen ist, den unser begrenztes Denkvermögen der Realität auferlegt hat. Wir arbeiten dann nicht mehr an einem Lichttempel, der Form oder Struktur hat, sondern an einer leuchtenden Realität aus reinem Glanz; wir bewegen uns nun in der aus reinem Glanz; wir bewegen uns nun in der Sphäre, die die Sufis "Jabarut" nennen (erhabener Glanz und Schönheit jenseits der Form).

* Mazdäer: Anhänger des Ahura Mazda, des höchsten Gottes der zarathustrischen Religion

Wenn wir die Sterne und Galaxien als Ausdruck des unsichtbaren Lichtes des Universums sehen, dann reicht unser Bewusstsein über die Vorstellung hinaus, die wir normalerweise vom Universum haben und in die Perspektive der himmlischen Sphären hinein.

Eine der vielleicht sinnträchtigsten Beschreibungen dieses Perspektivenwechsels findet sich in den Worten eines sehr eigenwilligen, großartigen mazdäischen Weisen, der gleichzeitig ein eingeweihter Sufi war: "Als ich mich in schnellem Flug von den materiellen Körpern entfernte, gelangte ich zu einem reinen und glücklichen Geist. Mit den Augen des Geistes erblickte ich Geist. In jeder Sphäre und in jedem Stern sah ich einen Geist. Als ich mich höher erhob, leuchtete mir der Glanz des Erhabenen. Als das Leuchten stärker wurde, verschwand die Individualität, nur Gott existierte noch und es gab keine Spur mehr von mir. Ich behielt weder Intellekt noch Erinnerung noch Geist. Ich entdeckte, dass all meine Geheimnisse nur Schatten waren. Dann kam ich zurück zur Engel-Intelligenz und von diesen Intelligenzen zurück zum Geist, und so schließlich wieder zu Körpern, die mich riefen." (Azar Kaivan, The Dabistan, School of Manners)

Das Wunderbare daran ist, dass man in einem plötzlichen Aha-Erlebnis seine wirkliche Identität entdeckt: Man ist in Wahrheit ein Tempel Gottes - jenseits von Form, Raum, Zeit und von dem, was man sich in seiner Begrenzung unter Licht vorstellt - ein Tempel aus reinem himmlischen Glanz." (Aus einem Keeping in Touch-Brief)

Pir Vilayat: "Und stellen Sie sich *Ihre* Rolle in diesem Tempel vor: als Heiler, Priester, Musiker, Diener, Ritter, Putzleute, Lehrer..." Zu all diesen Rollen bringt Pir Entsprechungen aus dem modernen Alltag. Er hält inne, niemand erwartet noch eine Fortsetzung der Aufzählung, da fährt er fort: "Da ist noch jemand. Es ist der Heilige. Wo immer er hinkommt, bringt er das ganz Heile mit sich. Seine Anwesenheit heilt andere. Man wird froh, wenn er den Raum betritt."

Wie immer bei den Seminaren gibt es einen Punkt der Ermüdung, der mangelnden Bereitschaft, noch mehr in sich aufzunehmen. In einem solchen Energietief fällt mir ein Wazifa ein, das Energie fördern helfen soll. Ich leiere es in Gedanken herunter: Ya Hay, Ya Hay, Ya Hay ...

Nach seinem Vortrag hält Pir, bevor er das Podest verlässt, kurz inne und sagt: "Nehmen Sie niemals Ya Hay ohne Kuduz (Heiliger Geist)!"

"Des Freundes Schönheit ist der Lehrer der Verliebten. Sein Antlitz ist ihr Buch, ist Unterricht und Übung."
(Rumi)

Tränen

Sieben Stunden dauert die nächtliche Autofahrt von Freiburg nach Paris. Victor und ich wollen an der Einweihung des "Universel" in Suresnes, dem Wohnsitz Pirs, teilnehmen. Auf dem Campingplatz des "Bois de Boulogne" haben wir zwei Zeltplätze gemietet.

Nach dem Aufstellen meines schweren alten Leinenzeltes stelle ich fest, dass ich eine ziemlich streng riechende Ecke erwischt habe und muss mit ein paar zusätzlichen Sicherheitsnadeln erst einmal alle Öffnungen dichten.

Trotz der großen Müdigkeit stürzen wir uns gleich in den breiten Strom des Pariser Morgenverkehrs, um an einem Tages-Seminar mit Pir Vilayat teilzunehmen. Eine Legion Schutzengel sorgen dafür, dass wir ohne Blechbeule die harmloseren Straßen des Vorortes Suresnes und die Rue de Tuilerie erreichen.

Das Haus der Khans, umgeben von einem kleinen Park hinter einer hohen Mauer, ist zu unserem Entsetzen geradezu zubetoniert mit vielstöckigen Wohnblocks, deren schmucklosen Fassaden zu der vornehmen Villa hinüber und hinunter blicken, die sichtbar auf einer kleinen Anhöhe liegt.

Das Seminar findet in einem schmalen Gartenpavillon statt, der sich breitseitig an den Hang schmiegt, auf dem die Khanvilla steht. Mein Entschluss, zur Einweihung des Tempels zu fahren, war ziemlich halbherzig getroffen worden; ich fühlte mich nicht "strahlend" genug, um daran teilzunehmen. Und so setze ich mich in die letzte Reihe, um mit meiner seelischen "Dunstglocke" nicht so aufzufallen.

Nach einer kurzen Vortragspause versammeln wir uns wieder und ich muss mit leisem Schreck feststellen, dass mein "Versteck" besetzt ist. Ich finde einen freien Platz in der Mitte der zweiten Reihe. Der Stuhl vor mir bleibt frei! So sitze ich unmittelbar vor Pir Vilayat, der sich nun nicht mehr auf das kleine Podium setzt, sondern lässig angelehnt vor uns steht und seinen Vortrag fortsetzt.

Plötzlich fange ich lautlos zu weinen an und höre überhaupt nicht mehr auf. Es ist als ob mir das Herz zerrisse beim Anblick von Schönheit! Ich wage gar nicht, daran zu denken, welchen Anblick ich biete: die gerötete Nase, die nun auch noch heftig zu laufen anfängt und den Tränenstrom mit zusätzlichem Nass bereichert. Ich habe kein Taschentuch zur Verfügung und so muss ich - die Peinlichkeit erhöhend - auch noch den Ärmel meiner Seidenjacke benutzen! Endlich erbarmt sich meine schwarze Nachbarin und reicht mir Tempos, die sich schier auflösen in diesem Feuchtigkeitsfluss.

Dieses Gefühl der Getrenntheit von jemand Geliebten ist so stark, überwältigend, mir gleichzeitig so fremd und daher äußerst befremdend. Keine Frage, dass Pir mir dabei bis auf den Grund meines wunden Herzens sieht. Tröstlich ist nur der Gedanke, dass ich mich Pir schon in anderen peinvollen Situationen und Seelenzuständen präsentiert - und sie überstanden - habe.

Nachdem ich mich - nach endlos scheinender Zeit - beruhigt habe und meine Gedanken sich nur noch mit dem Geschehenen beschäftigen, stelle ich plötzlich mit Entsetzen einen starken Druck auf der Blase fest! Unmöglich, vor Pirs

Augen aus der Mitte der Anwesenden aufzustehen und mit zusammengekniffenen Beinen auf die quietschende Tür zuzugehen, die in diesem Gartenhaus als Toilette ausgewiesen ist! Lieber soll mir die Blase platzen! Und das tut sie beinahe auch. Ich schwitze aus allen Poren und sitze mit hochrotem Kopf da, als Pir unerwarteterweise eine 5-minütige Pause anordnet, in der ich wie ein Pfeil davonschieße. Nachdem ich erleichtert zurückgekehrt bin, spricht Pir nur noch wenige Sätze und verabschiedet uns. Ich wage ihn nicht anzuschauen!

Einweihung des Universel

Am nächsten Tag, dem 5. Juli 1990, findet die Einweihung des "Universel" statt, eines Tempels, der allen Religionen geweiht ist. Er steht am Fuße des Hanges, räumlich etwas beengt, zwischen einem Gärtnerhaus und dem langgestreckten Gartenpavillon. Die Planung dieses Tempels hatte sich über viele Jahre hingezogen. Ein Bürgermeister hatte den andern abgelöst und mit eigenen Vorstellungen Auflagen gemacht. Immer wieder wurden die Entwürfe der Architekten verworfen, die bestimmte esoterische Prinzipien und Gesetzmäßigkeiten beim Bau verwirklichen wollten. Übriggeblieben war zum Schluss die schlichte Ausführung eines zierlichen runden "Lichttempels" aus einem durchsichtigen Kunststoff. Sieben marmorne Halbkreise führen über ein flaches Wasserbassin zum Eingang des Tempels.

"Nachdem Hazrat Inayat Khan am 13. September 1926 den Grundstein für diesen Tempel in Suresnes bei Paris gelegt hatte, konnte jetzt endlich sein Sohn und Nachfolger, Pir Vilayat Inayat Khan, Murshids großen Wunsch erfüllen und den "Universel" am 5. Juli 1990 einweihen. Vertreter der großen Weltreligionen haben anlässlich dieser Feier mit Zeremonien aus ihrer religiösen Tradition den Tempel für diese einzelnen Religionen geweiht. Auch wenn sich diese große Idee wegen der räumlichen und finanziellen Begrenzungen nur in einem kleinen Bauwerk verwirklicht hat, so ist doch dessen lichtvolle Harmonie und Schönheit eine gelungene Manifestation des inneren lebendigen Tempels der Botschaft für unsere Zeit, der in unseren Herzen erbaut werden soll." (Aus: Der Sufi-Orden Ein interreligiöser Weg zu spirituellem Wachstum)

Der Tempel

Wo ist der Ort der Klage, Gottheit,
an dem ich dir ganz nahe bin, dich spüre,
wo ich auf dich warte,
Zwiesprache halte mit dir:
als Kreatur
in tiefster Pein,
als Freund,
vertraut und innig,
als Kind
und Erbe deines Schatzes?

Ich suchte dich
im Herzen des heiligen Hains,
malte Zeichen an Wänden
in Höhlen und Grotten.
Ich beschwor dich
mit Opfern ohne Zahl,
knüpfte das Band mit dir
auf den Gipfeln hoher Berge,
baute heilige Schreine
mit Altären aus Feuer,
kniete in Kapellen,
an heiligen Quellen,
errichtete Dome,
Pfeile, auf dein Herz gerichtet.

Ich warte nun auf dich
im Halbdunkel meiner Seele,
in der Wüste meines Herzens,
im Schweigen meiner Gedanken,
in der einsamen Zelle meines Körpers.

Ich trage es in mir
das Tabernakel,
im heiligen Raum meiner Brust,
dem Zentrum der Welt,
in dem der Pilger eine kurze Bleibe findet
und die Gabe empfängt.

Das All,
Zeuge und Tempel der Gottheit,
Tempel, Lichtdom auf dem Berg,
Tempel, das Lied einer Geige,
Tempel, der Duft einer Rose,
der Freund,
Seelen, die verstehen,
einander Tempel zu sein.

"Gipfelerfahrung"

In der Beziehung zu meiner Tochter Ruth stellen sich wachsende Probleme ein. 14-jährig erklärt sie sich als "eigentlich volljährig" und verlangt Selbstbestimmung in allen Lebensbereichen. Plötzlich bin ich mit Randgruppen jeglicher Couleur konfrontiert, muss Stellung nehmen, Dünkel abbauen und meine "wahre" soziale Einstellung überprüfen.

Die Abnabelungsbestrebungen von Ruth, ihre Versuche, sich abzugrenzen, ihre Eigenart zu finden, gestalten sich als so vehement und dramatisch, dass ich das erste Mal seit meiner 15-jährigen Bekanntschaft mit Pir in einer privaten Angelegenheit nach ihm "rufe" (Pir: "Ich habe ein sehr gutes Gedächtnis für Gesichter. Ich finde Sie. Sie müssen mich aber rufen! Ich sehe dann Ihr Gesicht vor mir.").
Der Ruf ist einziger Schrei, und Pir hilft.

Im Sommer 1990 nehme ich Ruth und ihre Freundin Sonja mit ins Camp Zenith im Tessin. Beide sind gut ausgerüstet mit Eigenverpflegung, machen sich aber sehr bald auf den Weg zum nächsten Ort, wo sie etwas mehr äußere " Action" erwarten. Ihre Füße sind bereits wundgelaufen, als ihnen auf der Bergstraße ein weißer VW-Bus entgegenkommt. Der Fahrer, Pir Vilayat, hält an und fragt nach ihrem Ziel. "Ins Camp", rufen beide im Chor und steigen zu Pir auf den Führersitz. Das Übrige erledigt Pirs Charme. "Frau Zorer, Pir ist ja ein dufter Typ! Haben Sie ein Photo von ihm ohne Bart?"

Nachdem ich die Freundinnen, die nach der Pir-Begegnung mit Begeisterung an Sufitänzen und -gesängen teilgenommen hatten, in den Bus nach Andermatt gesetzt habe, fängt für mich die Entspannung an und das Bedürfnis nach einer "großen Erfahrung" ist übermächtig.

Nur wenige Tage vor dem Sommer-Camp hatte ich folgende Geschichte in einem Heft der Sufi-Botschaft gelesen:
"Der zweite Schritt in der Einweihung besteht darin, durch die Prüfungen zu gehen, vor die ein Lehrer einen stellt. In dieser Einweihung gibt es viel Erheiterndes. Manchmal gibt der Lehrer dem Schüler solche Aufgaben, dass der nicht weiß, woran er ist, ob eine Sache richtig ist oder falsch.
Es gab einen berühmten Sufi-Lehrer in Indien, der tausend Anhänger hatte, sehr ergebene Schüler. Eines Tages sagte er zu ihnen: "Ich habe meine Ansicht geändert. Ich habe das Gefühl, dass ich zur Göttin Kali gehen und mich vor ihr niederbeugen muss." Die Schüler, unter denen Doktoren und Professoren waren, sehr qualifizierte Leute, konnten diesen wunderlichen Einfall nicht verstehen: dass ihr Lehrer, an den sie so sehr glaubten, in den Tempel der Kali gehen und sich vor der Göttin mit dem entsetzlichen Gesicht verbeugen wollte, er, ein Mann der Gotterkenntnis, zu dem sie solches Vertrauen hatten! Und die tausend Schüler verließen ihn auf der Stelle. Sie dachten: "Was bedeutet das? Es ist gegen die Religion des gestaltlosen Gottes, gegen die eigene Lehre dieses großen Sufi, dass er die Göttin Kali anbeten will!" Und es blieb nur ein Schüler übrig, ein Jüngling, der seinem Lehrer sehr ergeben war; und der folgte ihm, als er zum Tempel der Kali ging. Der Lehrer war sehr froh darüber, diese tausend Schüler loszuwerden, die voller Kenntnisse waren, erfüllt von ihrer Gelehrsamkeit, die ihn aber nicht wirklich kannten; sie konnten ebenso gut weggehen. Und als sie zum Tempel gingen, sprach er den

jungen Mann dreimal an und sagte: "Warum gehst du nicht weg? Schau diese tausend Menschen an, die solchen Glauben hatten und solche Bewunderung, und nun habe ich nur eben ein Wort gesagt und sie haben mich verlassen. Warum gehst du nicht mit ihnen? Die Mehrheit ist immer im Recht." Der Schüler aber folgte ihm weiter. Dem Lehrer wurde währenddessen eine große Inspiration zuteil. Das Spiel der menschlichen Natur war für ihn ein solch interessantes Phänomen, dass sein Herz voller Bewegung war und als sie am Tempel der Kali ankamen, erfuhr er eine solche Ekstase, dass er niederfiel und tief seinen Kopf neigte. Und der junge Mann, der ihm gefolgt war, machte es genauso. Als der Lehrer aufstand, fragte er diesen Schüler wieder, warum er nicht wegginge. Der junge Mann antwortete: "Es ist in dem, was Ihr getan habt, nichts, was gegen meine Überzeugung ist, denn die erste Lektion, die Ihr mich gelehrt habt, war, dass es nichts gibt außer Gott. Was bedeutet es schon, ob man sich nach Osten oder Westen verbeugt oder vor der Erde oder vor dem Himmel? Da es außer Gott nichts gibt, ist da niemand sonst außer Gott, vor dem man sich verbeugen kann, selbst wenn man sich vor der Kali verbeugt. Es war die erste Lektion, die Ihr mich lehrtet."
Es war dieser selbe junge Mann, der später der größte Sufi-Lehrer in Indien wurde, Khwaja Moin-ud-Din Chisti. Jedes Jahr machen Tausende von Menschen aller Religionen Pilgerreisen zu seinem Grab in Ajmer: Hindus, Moslems, Juden und Christen. Für den Sufi sind alle Religionen gleich."

(Vor über zwanzig Jahren hatte auch ich an diesem Grabmal gestanden, weil meine Liste der schönsten Heiligtümer Nordindiens auch diesen Ort in Ajmer vorsah. Sufismus war mir damals ein völlig unbekannter Begriff gewesen.)

Nach der Lektüre äußerte ich meiner Mutter gegenüber enthusiastisch: "Ich bin sicher, dass auch ich ihm/meinem Lehrer gefolgt wäre, selbst wenn er plötzlich einen Lingam* anbetete!" Die lächelte nur.

Eine Erfahrung in den Tessiner Bergen vor Retreatbeginn sollte eine Vorwarnung sein, aber der Symbolgehalt des Erlebten erschließt sich mir erst später:

Ich habe mir die neuen Bergschuhe "Marke Adler" übergezogen und will am Sonntagnachmittag eine Spitze des gegenüberliegenden Bergkamms ersteigen, quasi als Vorwegnahme eines inneren Gipfelerlebnisses. Kaum habe ich den Fuß des Hanges erreicht, umgeben mich hohe Farnwälder. Ich verliere sehr bald die Orientierung und werde von Legionen von Schnaken attackiert. Heftig um mich schlagend, steige ich immer weiter bergauf. In einer Schneerinne geht es dann endlich zügiger voran. Vom Bergkamm ist nichts zu sehen. Er hat sich meinem Blick völlig entzogen. Da stehe ich plötzlich vor einer schroffen, steilen Felswand, die wie eine geöffnete Hand abwehrend vor mir steht. Das muss der Gipfel sein, denke ich und freue mich, dass ich so schnell an mein Ziel gelangen werde. Die Bergschuhe scheinen ihr Geld wert zu sein, überall finden sie noch Halt und geben mir Sicherheit. Bis ich an einen "point of no return" komme, von dem an ich nur noch nach oben steigen kann mit der Aussicht, irgendwo stecken zu bleiben. Und dieses Steckenbleiben lässt nicht lange auf sich warten. Die Fingerkuppen des Felsens scheinen sich nach vorne zu beugen und mein Empordringen abzuwehren.

* Lingam: erigierter Penis aus Holz, Stein oder Bronze; Fruchtbarkeitssymbol

Ich kralle mich an der Felswand fest wie eine junge Katze, die sich an einem glatten Baumstamm zu weit nach oben gewagt hat und den Absprung nicht wagt. Ich schätze die Tiefe des Felsen unter mir auf etwa 50 Meter und schäme mich fürchterlich, als ich Pir um Hilfe rufe. Dann rutsche ich auf dem Hosenboden meiner weißen Jeans die Aufstiegsspur zurück, die teilweise nur eine Pobacke breit ist. Als ich völlig entkräftet, zerstochen und verschmutzt im Camp eintreffe, schaue ich zum gegenüberliegenden Berghang hinüber und erstarre: Der Felsen, an dem ich in großer Not gehangen habe, befindet sich in der unteren Hälfte der Bergseite! Er ragt plastisch aus dem Gelände und scheint wie ein Zeigefinger spöttisch zu mir herüberzudeuten.

Ich versuche, dieses "Gipfel"-Erlebnis nicht als Zeichen auszulegen, als Symbol für meine Erfahrungen während der kommenden Schweigewoche.

Pir spricht über den Begriff "Heiligkeit" und mein verbissener Drang, Heiligkeit zu kosten, steigert sich ins Unermessliche. Aber, immer wenn Pir eine besondere Musik spielen lässt, die diese Qualität verstärken helfen soll, knackt es unangenehm in der Lautsprecherbox neben mir oder Pir beanstandet: "Nein, das war nicht das Musikstück, das ich für Sie ausgesucht habe."

Der Traum der Nacht mahnt: Ein Atomkraftwerk soll gebaut werden, aber das Fundament ist nicht geeignet.

Die begleitende Tarotkarte dazu ist: 16. Der Turm: "Scheitern fixer Ideen".

Enttäuscht stelle ich am Ende des Retreats fest, dass ich diesmal mit leeren Händen und Herz nach Hause fahren werde. Auch meine euphorischen Beteuerungen, Pir ohne zu zögern kritiklos zu folgen, haben einen Dämpfer erhalten. Pir verhielt sich so, dass ich immer wieder die Stirne runzelte. Er erwähnte, dass er leider nicht die Kraft habe, uns ganz "hohe Zustände" zu ermöglichen, das "Schmetterlingsgleichnis" des Chuang-Tse legte er Kung-Fu in den Mund und bei der musikalischen Begleitung, die bestimmte psychische Qualitäten mit aktivieren helfen soll, versagte entweder die Technik oder es lag das falsche Band vor.

Nur eine kleine Episode bzw. Hilfe Pirs hatte mich kurz erfreut, da sie mich von einer Peinlichkeit erlöste:
Ich hatte einen Mitfahrer mit ins Camp genommen. Nach der Größe des in einer schwarzen Hülle steckenden Musikinstrumentes zu urteilen, war er Cellist. Das bot einen leichten Einstieg in ein Gespräch, denn Pir ist bekannt für sein hingebungsvolles Cellospiel. Die Frage, welches Musikstück Pir denn bevorzuge, beantwortete ich mit: "Ach, etwas aus dem 'Wohltemperierten Klavier'."
Mein Begleiter stellte aus Höflichkeit keine weiteren Fragen mehr. Ich spürte, dass ich etwas völlig Falsches gesagt hatte, wusste aber nicht, was es eigentlich war. Als es mir endlich einfiel, war es zu spät und ich vermied jede weitere Begegnung des Mannes. Dann kam der Abend, an dem die im Camp anwesenden Künstler das Programm gestalteten. Der Cellist war von Pir gebeten worden, das Stück zu spielen, das er selbst sonst immer bevorzugt spielt: die Suite für Violoncello solo Nr. 3 C-Dur 4. Satz, während er sein Stück mit folgenden Worten vorstellte: "Sicher haben Sie erwartet, die Sarabande von mir zu hören. Ich habe mich heute aber entschlossen das "Ave Maria" von Bach zu spielen, dessen

Anfangstakte mit dem Präludium C-Dur aus dem "Wohltemperierten Klavier" übereinstimmen.

Danke, Pir! Ich liebe dich!

Noch nie hatte ich bei meinen Campaufenthalten irgendwelche Unpässlichkeiten, die die Tage beeinträchtigten. Diesmal aber waren es sich verstärkende Zahnschmerzen, die mich nach meiner Rückkehr gleich zum Zahnarzt trieben.
Der zog mir einen Zahn.

"Gieße das Wasser der Liebe in kein ungebranntes Gefäß!"
(Aus einem Lied der Bauls)

Einheitserfahrung II

Pir lässt uns, während das Miserere von Allegri erklingt, eine Kirche oder einen Tempel imaginieren. Ich versuche, mir eine kleine, romanische Kirche in Südfrankreich vorzustellen, anheimelnd, halbdunkel, wie ein Mutterschoß, aber ich finde sie bald zu dunkel und imaginiere eine lichtdurchflutete Kathedrale von erhabener Höhe und Schönheit, in der Orgelmusik brandet, doch ich fühle mich darin verloren und nicht "zu Hause". Ich stelle mir den heiligen Ort auf dem Spitzenplateau einer mexikanischen Pyramide unmittelbar unter dem Himmel vor, aber auch dort will sich kein sakrales Gefühl einstellen. Ich konstruiere phantasievoll eine kleine Kapelle ganz aus Glas und warte darin geduldig auf eine erhebende, weihevolle Stimmung; da spüre ich den vertrauten kleinen Ruck und finde mich auf einem Felsen oberhalb des "Camp des Aigles" wieder. Links neben mir sitzt Pir. Eine gleißendhelle Strahlenfülle dringt durch ein geöffnetes Wolkentor und bildet eine breite Lichtstraße hinunter zu uns.

Ich freue mich über diese Korrektur und Hilfe bei meiner Tempelsuche. Da klingt das Miserere aus und ich nehme gerade noch wahr, dass hinter Pirs Rücken die klaren Umrisse eines Lichttempels zu sehen sind, wie mit einem feinen Lichtgriffel gezeichnet.

Dann spricht Pir wieder und ich öffne die Augen.

In einer späteren Stilleübung gelingt es mir, mich sofort an die Stelle zu begeben, an der ich am Vortag Pir "getroffen" habe: Lehrer und Schülerin sitzen wieder nebeneinander;

eine innige Vertrautheit herrscht zwischen beiden. Ich genieße es, still neben dem geliebten Lehrer zu sitzen und versuche, mir noch einmal das Miserere akustisch vorzustellen und ihm mit Pirs Bewusstsein zu lauschen. Da geschieht es, dass ich nicht mehr neben Pir sitze, sondern "in Ihm" bin.

Als ich merke, dass der Platz neben Pir leer ist, ist das Erlebnis auch schon vorbei und ich bin wieder "draußen", mit einem tränenüberströmten Gesicht und einer Erinnerungslücke. Ich kann mich nicht erinnern, was mit mir passiert ist! Ich stelle nur fest, dass ich angefüllt bin mit Entzücken, Liebe und Dankbarkeit, ohne sagen zu können, worin dieser Zustand begründet ist.

Ich erinnere mich, eine ähnliche Erfahrung schon einmal gemacht zu haben. R., ein Freund und Yogalehrer, hatte mich angewiesen, mich in den Anblick einer Wiesenblume zu vertiefen. Ich vergaß alles: mich, den Freund, die Umwelt. Die Sonne war bereits am Untergehen, als R. mich sanft ins "Hier-und-Jetzt" zurückholte. Ich wusste auch damals nicht, wo ich gewesen war. Welchen Sinn hat es dann, das erlebt zu haben? Ich erfuhr es, als ich aufstand und wir zum Wagen zurückgingen. Das Gehen war ein Gleiten, ein fließendes Sich-Bewegen, und das Erstaunlichste dabei: Während der Fahrt konnte ich alle Themen und Fragen beantworten. Meine Antworten waren nicht intuitiv ahnend, sondern wissend. Dieses Phänomen ließ erst nach, nachdem ich mit R. an einer Sitzung meiner amnesty international-Gruppe teilgenommen hatte, bei der es um Themen wie Folter, Verfolgung und Verschleppung ging. Es erlosch.

Pir erklärt: "Ich kann Sie nicht weiterführen. Das ist abhängig von Ihrem Fassungsvermögen. Das muss noch wachsen."

Verherrlichung

Pir, was ist eigentlich "Glorification"?

Am letzten Tag erscheint Pir nicht zur Morgenmeditation und schickt stattdessen eine französische Retreatguide, über die ich tags zuvor abwertende Gedanken gehabt hatte. Sie setzt sich, schaut zu mir herüber und lässt das "Gloria" aus Bachs h-moll-Messe spielen. Gegen Ende des Musikstückes sehe ich plötzlich mit Erstaunen, wie Grashalme und alle Pflanzen zu singen anfangen. Dann klingt die Musik aus. Die Französin lässt das Stück ein zweites Mal spielen! Und nun komme ich sofort in mein Bild: Ein Mensch hat es geschafft, hat Meisterschaft erlangt, trifft im "Himmel", auf "seiner Ebene", in seiner himmlischen Heimat ein und alles singt: Gräser, Blumen, jeder Stein, jede Wolke.

Glorification

Ein Mensch ist Meister geworden.
Jubel in allen drei Welten
begrüßt den Heimkehrer
mit großem, vielstimmigem Gesang.

Kristalle und Kiesel
tönen mit hellem Klang,
Gräser, hoch und nieder,
küssen singend seine Füße,
Mohn und Tigerlilie
neigen sich voll Anmut,
Königskerze, Sonnenblume und Zypresse
beugen ihr Haupt,
Holunder und Birke
rauschen mit ihren Blättern.

Es regnet Blüten
von Rose und Jasmin.
Die Grillen geigen
ihr Willkommenslied.
Tausend Vogelstimmen
rufen ihn beim Namen
Mensch, Liebling der Gottheit.

Der Frosch quakt es ihm zu,
der Paradiesvogel dreht
Pirouetten der Freude
bei seinem Anblick.
Löwe, Adler und Bär stimmen ein
in den Choral der Starken.
Der Wal erhebt sich aus der Tiefe
und antwortet mit einem Salut.

Quelle und Bach murmeln es,
Kaskaden des Wasserfalls verkünden es,
rauschend von Schale zu Schale.
Wind und Wolken erzählen es,
die Schar der Engel jubelt:
Er ist angekommen, der Gottsucher,
im Land der ewigen Morgenröte.

Ein Dom von Licht leuchtet ihm,
Myriaden von Sternen funkeln hinunter
von ihrem Thron.
Am Himmel ein Regenbogen,
Erfüllung eines Versprechens
zwischen Himmel und Erde,
Gott und Mensch.

Die Gefeierte,
sie sieht, hört und fühlt
die ausgegossene Schönheit der Natur,
die kraftvolle Melodie des Gloria.

Vom Schmerz der Trennung genesen,
trinkt und schmeckt sie den Kelch,
gefüllt mit dem göttlichen Nektar,
trinkt vom Feuer der Liebe.
Ihr eigener Becher fließt über
mit Seligkeit und Dank.

"Die wertschätzende Betrachtung von Schönheit löst eine Selbstentdeckung aus."
(Pir Vilayat)

Freundschaft ist ...

Nur wenige Autofahrer verbringen den frühen Nachmittag des 2. Weihnachtsfeiertages auf der Autobahn von Basel in Richtung Norden. Ich habe die dichten blau-schwarzen Tannen des Schwarzwaldes hinter mir gelassen und nähere mich nun den Ausläufern des Odenwaldes mit seinen mittelhohen Bergen. Es ist ein sonniger Wintertag, am Himmel ein paar pummelige Wolken, die den Kindern sicher keine weißen Ferientage bescheren werden. Sie sehen aus wie schneeweiße Nilpferde, die sich träge im blauen Wasser treiben lassen. Mein Blick schweift ebenso träge über die Hügelkette bei Heidelberg. Plötzlich verwandelt sich die Landschaft, als hätte sie der Zauberstab einer Fee berührt. Sie ist für einen kurzen Augenblick in ein vibrierendes goldenes Licht getaucht, durchlässig geworden für etwas Heiliges, Numinoses.

Dann bietet sich mir wieder das gewohnte Bild einer Gegend mit brach liegenden Feldern, bewaldeten Hängen und der Silhouette einer kleinen Ortschaft.

Meine Gedanken wandern zu Pir und noch nie habe ich in dieser Intensität und Liebe an ihn als menschliche Verkörperung von Heiligem gedacht.

Bei Pirs Eintritt in die große, gläserne Halle in Wald-Michelbach erfasst mich noch einmal dieses starke Gefühl. Mit Ehrfurcht betrachte ich Pirs zierliche Gestalt in dem weißen baumwollenen Gewand, das schütter werdende Haar, die liebevoll lächelnden Augen, höre seine sanfte, singende Stimme, mit der er die Anwesenden begrüßt und ihnen sagt, wie sehr er sich freue, wieder bei uns zu sein.

In der Mittagspause - den Teilnehmern werden noch Hinweise über Einzelheiten des Seminar-Verlaufs gegeben - geschieht es, dass ich mit Pir fast allein in der Vorhalle zusammentreffe. Er sitzt auf einem Stuhl und schlüpft in die schweren Bergschuhe, die mir aus den Sommercamps so vertraut sind, während ich auf die Ausgangstüre zusteuere. Da schaut Pir auf und grüßt mich mit seinen strahlendwarmen Augen. Beglückt fahre ich in die Pension.

Am Nachmittag wirft Pir mir einen Blick zu und sagt: "An den Freund denken, das ist Freundschaft." In diesem Augenblick weiß ich, dass Pir die intensiven Gedanken, die ich auf der Hinreise mit seiner Person verbunden habe, wahr- und angenommen hat.

Zu Beginn des Weihnachtsseminars, nach der Begegnung mit Pir und nach Abschluss des Retreats zog ich die Tarotkarte "2 der Kelche": Sich Freundschaft geloben. Die liebevolle Begegnung.

Zweifel und Antwort

Woran erkenne ich meine Fortschritte im Spirituellen? Haben die Erfahrungen und innere Schau, die mir Pir ermöglicht, die Lektüre mystischer Werke, meine Reflektionen darüber, mein Angerührtsein davon automatisch eine Veränderung meiner Persönlichkeit zur Folge?

Außerdem, die Meinung anderer, wohlmeinender Menschen und Freunde, denen ich versuche, in unzureichenden Worten begeistert meine Erlebnisse mit Pir zu beschreiben, lässt immer wieder den Gedanken aufkommen, ganz auf die Mitteilungen zu verzichten. Ihre "innere Meßlatte" besteht natürlich aus ihrem bisherigen Wissen und kaum ähnlichen Erfahrungen und - seltener - auch aus ungeprüften Vorurteilen. In ihren Augen lese ich Bedenken wie: Abhängigkeit von einem "Guru", "Vaterkomplex" oder "nur ein Traum", Phantasiebilder. Da sie mir aber das Vermögen nicht absprechen können, kritisch selbst zu analysieren, bleibt es unausgesprochen und hinterlässt bei mir ein Gefühl des Unbehagens. Und ein Gefühl, sich verausgabt zu haben.

Meine Freude, von Pir gefördert und als Schülerin so offensichtlich angenommen worden zu sein, lässt wenig Raum für ein Schielen nach der Meinung anderer. Aber, ich bin meiner eigenen Kritik, meinen eigenen Kriterien ausgeliefert.

Diese wollen formuliert werden und die Frage nach einem "Beweis" von geistigem Fortschritt stellt sich mir in immer drängender Weise. Sie ist Inhalt eines langen betrachtenden Gesprächs mit H., einer Freundin, Psychologin und Schülerin eines tibetischen Lama, kurz bevor ich Pir in Wald-

Michelbach wiedersehe. H. und ich umkreisen dieses Thema, suchen Kriterien, die Allgemeingültigkeit haben könnten und stellen immer nur unsere wechselnde Gemütslage auf diesem Weg der Schülerschaft fest. Sicher ist: wir sind keine "besseren" Menschen geworden. Stattdessen lässt unser Bestreben, uns selbst gegenüber so wahrhaftig wie möglich zu sein, uns immer mehr Schwächen entdecken und, dass das einzig Stabile auf diesem Pfad unsere Sehnsucht und unser Vertrauen in den Lehrer und damit in die innere Führung ist.

Bei den Anmeldeformularen in der Vorhalle im "Haus des Gastes" entdecke ich einen Stapel Kopien: zwei zusammengeheftete Seiten mit einem Auszug aus Hazrat Inayat Khans "Gathekas", aus Schriften, die nur den höheren Klassen der Sufi-Bewegung zugänglich sind. Das ist das erste Mal, dass eine Informationsschrift zu einem bestimmten Thema verteilt wird. Auf meine Nachfrage erfahre ich, dass Pir den Druck und das Auslegen dieser Seiten angeordnet habe.
Verwundert lese ich "An den Toren der Schülerschaft" und als ich mich hinein vertiefe, entdecke ich, dass diese Seiten die Antwort auf meine Frage enthalten:
"Einem Menschen, der nach dem Tore der Jüngerschaft suchen will, tun viele Dinge Not: die wesentlichsten davon sind: Glaube, Zuversicht, Mut und Kraft.

- Glaube an den lebendigen Gott,
- Zuversicht in die eigene Urteilsfähigkeit, mit anderen Worten, eine unerschütterliche Überzeugung, dass das, was er tut, für ihn das Richtige ist,
- Mut, allein allen Schwierigkeiten des Lebens die Stirn zu bieten,
- Kraft, diese Hindernisse zu überwinden.

Wenn auch einer sein ganzes Leben religiösen Übungen und guten Taten widmet, wird er ohne die erwähnten Eigenschaften doch nie das Tor der Jüngerschaft finden.
An dessen Vorhandensein auch nur zu glauben, ist in einer Welt, die stets materialistischer wird, schwer genug; aber die, welche wahrhaft suchen, werden fürwahr auch finden. Die Aufgaben gestalten sich indessen noch schwieriger, falls der Mensch, der das Tor gefunden hat und es durchschreiten möchte, das übliche Weltleben lebt. ... Es führt nicht zu einer Weiterführung des Lebensweges, den der Strebende bereits zurückgelegt hat, es führt nicht zu einer Zunahme dessen, was die Welt Größe, Güter oder Erfolg nennt. Der sich nach Durchschreiten des Tores bietende Weg ist der Weg der Rückkehr und führt von all solchen Dingen fort. Er bedeutet eine Abkehr vom Ich und von allem, was zum persönlichen Leben gehört -eine Rückkehr zu Gott. Und wenn der Suchende nicht darauf gefasst ist, falsch beurteilt zu werden von dieser Welt, die für sein Suchen kein Verständnis haben kann, ist es sinnlos weiterzuschreiten. Hat indessen der Strebende den Mut dazu, wenn er ertragen kann zu hören, wie seine reinsten Absichten missdeutet, seine Ideale missverstanden werden, wenn er es sogar vertragen kann, dass man ihn verspottet, dann wird er die mystische Lehre des Herzens lernen, denn der Pfad der Jüngerschaft führt zu dem Herzen, welches das Ziel des Jüngers ist. Einer, der die 'Umkehr' vollbracht hat,[...], hat nunmehr "die Macht der Verwandlung" inne. Aber wenn er den Beifall seiner Mitmenschen nicht entbehren kann, wird er diese Stufe niemals erreichen. Denn wer immerfort den Beifall Gottes sucht, muss sich auf dieses Ziel beschränken – 'Niemand kann zwei Herren dienen.'

Die einzige Art, auf dem geistigen Pfade vorwärts zu schreiten, liegt im Dienst an der Menschheit. Gerade deshalb muss der Jünger so vielen Schwierigkeiten begegnen. Wird dieses Dienen als M i t t e l zum Fortschritt ausgeübt, so bringt es ihm keinen Nutzen, obwohl er zweifellos für den Menschen wie auch für die Sache, der er dient, hilfreich sein mag.

Die für den Meister annehmbare Dienstleistung: die der Persönlichkeit selbst nicht bewusste Handlung, die man selbst nicht beobachtet oder auch vergisst, weil sie unwesentlich erscheint, ist oft im Leben des Schülers von größerer Bedeutung. Nur der Meister weiß, welchen Fortschritt der Jünger macht und wo dieser auf dem geistigen Pfad steht. Erst wenn der Meister ihn heißt, auf den zurückgelegten Weg zu blicken, erst dann weiß der Schüler, was alles zurückgelassen ist.

Der Pfad des Dienens ist ein äußerst schwieriger, denn es versteht sich von selbst, dass ein jeder, der das geistige Leben zu leben beginnt, bemüht sei "für den Meister zu wirken". Alle Jünger sind begierig damit anzufangen, aber sie haben keine Ahnung vom wirklichen Sinn solchen Dienens, nicht einmal davon, was es heißt, um der Arbeit willen zu arbeiten, weil die meisten ja im Hinblick auf bestimmte Ergebnisse arbeiten, was sehr verschieden ist. Die Lehre, dass alles, was im gewöhnlichen Leben als Gewinn betrachtet wird, in den Augen des Meisters nur Verlust ist, kann nicht oft genug wiederholt werden; ganz wenige sind imstande, das zu erkennen, weshalb sie sich oft entmutigen lassen, wenn sie auf diesem Pfad den unvermeidlichen Enttäuschungen begegnen und so wenig Erfolg ihres vielleicht lebenslangen Strebens sehen. Sie vermögen nicht zu verstehen, dass es eben ihr S t r e b e n ist, welches der Meister sieht und

welches in seinen Augen das Wesentliche an der Dienstleistung für die Seele ist.
Ein Ergebnis ist das Ende eines Unternehmens. Wenn wir auf dem Physischen Plan ein Ergebnis wahrnehmen, ist es etwas Fertiges oder Totes, wogegen das Streben ein fortwährendes Kämpfen ist, d.h. etwas Bewegliches, Lebendiges, das imstande ist, den Jünger zu ungeahnten Höhen empor zu tragen, wenn er seinen eigenen Fortschritt nicht dadurch aufhält, dass er stehen bleibt, um nach toten Resultaten zu suchen.
Es kann nicht oft genug wiederholt werden, dass echte Geistigkeit nicht an äußeren Dingen erkannt, noch in äußerlichem Tun zum Ausdruck gebracht werden kann, denn jede Tat, die von Menschen wahrgenommen werden kann oder die ihm als geistige Tat erscheinen mag, könnte ebenso gut von einem Menschen vollbracht werden, der gar nichts Geistiges an sich hat. Nur auf eine andere Weise kann die Vergeistigung eines Menschen dem anderen bekannt werden, nämlich durch die Atmosphäre, welche die derart Vergeistigten umgibt, sowie durch den Einfluss, den sie auf diejenigen ausüben, mit denen sie in Berührung kommen. Dies ist der einzige Beweis geistigen Lebens.

Wenn die tatsächliche Arbeit, die von aufrichtigen Jüngern auf den inneren Ebenen verrichtet wird, gesehen werden könnte, so käme es nie mehr zu einem Gefühl der Entmutigung beim Ausbleiben von Erfolgen auf dem physischen Plan. Auf dem letzteren scheint nicht viel erreicht zu werden. Indessen wird aber die Form der Botschaft, die in jedem Erdenwinkel die Menschheit emporheben soll, schon jetzt aus der formlosen Welt in die Welt der Namen und Formen gebracht. Gedanken - das sind lebendige Dinge, die sich materialisieren werden, wenn es an der Zeit ist - sie entstehen gegenwärtig in jeder Gegend der Erde und bewegen die Herzen. Dies ist ein weiterer Grund, warum ein Heer selbstloser Mitarbeiter vonnöten ist, solche, die imstande sind, sich über persönliche Bedürfnisse und Gedanken zu erheben, so dass sie zu Werkzeugen werden, mittels welcher die Gedanken der höheren Sphären in der physischen Welt Gestalt gewinnen können.

Diese Gedanken müssen während vieler Jahre gehütet, beschirmt und genährt werden, bis die Zeit ihrer Reife kommt. Das Arbeitsfeld eines selbstlosen Jüngers ist sehr ausgedehnt, denn seine Gedanken können den Bezirk, in dem er wohnt, meilenweit in der Runde beeinflussen. Außerdem ist die Arbeit, die er verrichtet, von der größten Wichtigkeit für seine eigene Entwicklung und wird ihn um viele Stufen höher bringen, als wenn er sich durch Meditation und Gebete zu vervollkommnen bestrebt. "Das Göttliche Schatzhaus ist schon mit Gebeten überfüllt. Lege du ein Korn bescheidener Andacht hinein, wenn du kannst," sagt Scharf-ud-din.

Es ist allerdings möglich, derart in himmlischen Visionen eingehüllt zu werden, dass man nichts taugt in dieser Welt. Selbst Liebe, Harmonie und Schönheit können den Wahrheitssucher irreleiten, es sei denn, dass sie mittels der inneren Schau gesehen und erkannt werden. In den Augen eines Sehers können Liebe, Harmonie und Schönheit etwas ganz anderes sein als für den weltlichen Menschen. Ein Meister auf dem Pfade wird sogar Zwietracht als eine Schwingung betrachten, aus welcher Eintracht hervorgebracht werden kann. Er wird Hässlichkeit als Stoff sehen, aus dem es möglich ist, Schönheit zu erschaffen und er wird als Kraft all das einschätzen, was durch stetes Denken an Gott verwandelt werden kann in Liebe.

Einen B e w e i s für geistige Wahrheiten kann der eine Mensch dem anderen nicht geben, denn das Seelische muss mit den Augen der Seele geschaut werden, und bei jedem Menschen hat ein Beweis nur für ihn selbst Gültigkeit. Es ist unmöglich einem, dessen geistige Augen geschlossen sind, geistige Wahrheiten zu erklären: Es wäre als wolle man einem Blindgeborenen den Begriff der Farbe erklären. Er mag das Gesagte glauben, aber es ist eine Unmöglichkeit, ihm davon einen Beweis zu geben. Bei geistigen Dingen trifft dasselbe zu: nur geistiges Sehen vermag für das Geistige einen Beweis zu liefern. Man muss ferner daran denken, dass es beim Geistigen ebenso wie beim Physischen verschiedene Sehvermögen gibt und es gibt fürwahr mehr unsichtbare als sichtbare Dinge, selbst für die Augen des Sehenden. Eine jede Seele besitzt als Erbrecht das geistige Schauen, das äußerst wünschenswert ist. Die Verbindung mit dem Meister ist jedoch notwendig, um die Augen zu öffnen. Wenn dieses Schauen vor allem anderen ersehnt wird und der Mensch bereit ist, alles was die Welt enthält zu opfern, dann wird auch der Meister da sein, um das geistige Schauen zu geben. 'Wenn des Jüngers Ruf eine gewisse Stärke erreicht hat, so kommt der Lehrer, darauf eine Antwort zu geben'." (Gayan)

"Ich suchte Gott und fand nur mich.
Ich suchte mich und fand Gott."
(Ansari)

Tabula Rasa

Pir, ich würde gerne ein bestimmtes Musikstück noch einmal hören: Eine Violine beginnt sehr "modern", d.h. für meine Ohren etwas disharmonisch. Dann steigt die Geige immer höher und höher, ihre Stimme wird feiner und feiner. Es scheint, als ob sie ihre natürlichen durch das Instrument gesetzten Grenzen überschreitet und immer noch höher steigt, zu einem überirdisch klingenden Ton wird, der weiterschwingt.

Mein Wunsch hat ihn erreicht, Pir Vilayat lässt "Tabula Rasa" von Arvo Pärt auflegen! Meine Seele erhebt sich mit dieser außergewöhnlichen Melodie und erlebt wieder einmal all die Sehnsüchte, die sie in den vergangenen Jahren so gepflegt hat. Warum nur ist alles so ins Stocken geraten? Wieder einmal geht eine Schweigewoche zu Ende. Ich habe all dem gelauscht, was ich schon so unzählige Male vernommen habe, geduldig darauf wartend, dass, vielleicht, wie in vergangenen Jahren, ganz zum Schluss noch etwas für mich dabei sei. Vergeblich.

Ich werde, ich muss mich von Pirs Seminaren verabschieden. Pir hat mir gezeigt, was für mich, für meinen Weg wesentlich ist: das Göttliche in mir zuzulassen und Gott im anderen Menschen zu sehen, und, er hat mir viele meiner Fragen beantwortet. Ich trage meinen Lehrer doch in mir und der spirituelle Impuls, den er in mir geweckt hat, wirkt und treibt mich weiter. Ich muss nun meiner inneren Führung vertrauen, die mich zu Pir und zu der mich Pir geführt hat.

Immer wieder ziehe ich die beiden Tarotkarten: 8 der Kelche: Abnabelung, Aufbruch, schweren Herzens und aus eigenem Entschluss, Trennung, eigene Wege gehen und:
13. Der Tod: Ende einer Phase, Abschied vom Gefährten, Platz schaffen für das Neue, ersehnter oder gefürchteter Abschied.

Am letzten Tag nehme ich mir vor, Pir aufzusuchen, um ihm meinen Entschluss mitzuteilen.

Pir Vilayat gibt Einweihungen, im Sitzen. Er leidet in diesen Tagen an Kreislaufbeschwerden, weil ihm die Höhe Schwierigkeiten bereitet. Ich denke an das "Lager der Adler" in über 2000 Meter Höhe. Damals - vor 18 Jahren - war Pir 59 Jahre alt.

Ich setze mich auf eine niedrige Mauer und warte. Eine kleine Gruppe erscheint und stellt sich, ohne nachzufragen, an das Ende der Wartenden. Es lässt mich gleichmütig, habe ich es doch nicht gerade eilig mit meinem Abschied von Pir. Da bietet mir eine junge Frau den Platz vor sich an. So kommt es, dass ich Punkt 11 Uhr vor Pir trete, in einem Moment, zu dem Saturn (der Ältere) unmittelbar im Zenit steht und der Mond gerade unter den Horizont sinkt.*

* astrologische Konstellation, die sich im Vergleichshoroskop von Lehrer und Schülerin und in meinem Jahreshoroskop befinden.

Pir sieht mich auf sich zukommen und erhebt sich. Er winkt seinem Sekretär ab, der nach meinem Namen fragen will. Ich sage meinem Lehrer, dass ich von nun an nicht mehr regelmäßig an seinen Seminaren teilnehmen, dass ich ihn aber immer in meinem Herzen tragen werde, dass ich das mittelalterliche Werk "Die Wolke des Nichtwissens" für mich als geistigen Leitfaden ausgewählt habe.

Pir nickt und sagt: "Ja, das ist eine ganz reine Quelle. Sie haben Fortschritte gemacht in Ihrer spirituellen Entwicklung; eigentlich müssten Sie sehr glücklich sein."
Ich fühle mich außerstande, das festzustellen; ich empfinde nur, dass ich nicht glücklich bin, dass ich etwas Notwendiges tue, von dem ich nicht weiß, welche Folgen es haben wird.

Die Nähe zu Pir ist so wohltuend, dass ich am liebsten den Rest meines Lebens vor ihm stehen würde. Mein ganzes Wesen fällt ihm um den Hals, umarmt ihn und möchte sich nie mehr von ihm trennen.

Während dieses Gesprächs halten Lehrer und Schülerin sich an den Händen; seine sensiblen von meinen größeren umfasst.

Der Zustand der Trauer ist einer großen Ruhe gewichen, als ich zu meinem Zelt zurückgehe. Dort ziehe ich noch einmal eine Tarotkarte, bei deren Schlüsselworten "tabula rasa" steht (Der Tod).

Zu Hause erst merke ich, dass ich Pir nicht gedankt habe für seine Begleitung in all den Jahren liebevoller Lehrer-Schülerschaft. Ich schreibe ihm einen Brief, der mir aus dem Herzen fließt:

Münstertal, den 26. Juli 1993

Lieber Pir ,

obwohl ich mich davor scheue, mit der Lektüre dieses Briefes einen Teil Ihrer kostbaren Zeit zu beanspruchen, wage ich es doch, mit diesen Zeilen etwas zum Ausdruck zu bringen, was bei meinem Gespräch mit Ihnen im Camp Zenith am 17. 7. ungesagt geblieben ist.

Meine Zuneigung haben Sie ganz sicher "zu spüren" bekommen, denn ich habe Ihre Hände ja allzu heftig gedrückt, aber ich habe Ihnen nicht gesagt, wie dankbar ich bin, dass Sie mir 1975 und in den Jahren nach meiner Einweihung 1979 die *spirituelle* Dimension des Lebens nahe brachten, erklärten, mein Herz öffneten und alle meine Widerstände nachsichtig und behutsam beseitigten.

Pir, ich habe mich all die vergangenen Jahre für das grandiose, weite Spektrum Ihres Wissens, Ihrer spirituellen Herkunft begeistern können, die verfügbaren literarischen Quellen studiert, mich vom Gralsweg, den Mystikern aller Zonen und Zeiten inspirieren und anrühren lassen und dabei immer Sie als Leitfigur, als meinen Meister vor Augen gehabt. Nachdem ich zuerst - vordergründig - vor allem Ihren Stil, Ihre Vornehmheit bewunderte, habe ich mich zuletzt ganz und gar von dem Heiligen, das sich in Ihnen verkörpert, angezogen gefühlt und dabei unbedingte, tiefe Lliebe von Herz zu Herz empfinden dürfen.

Ich bin sicher, dass ich Ihrer edlen Sufi-Lineage zugehörig bin, dennoch meine ich, ganz einfach *der* spirituellen Familie anzugehören, zu der alle Menschen "on the quest" zu rechnen sind: Sufis, tibetische Lamas, Quäker, Menschen, ganz ohne exquisiten esoterischen Hintergrund, in deren Gegenwart aber das Herz zu singen anfängt, wie das bei unserer ersten Darshan-Begegnung in der Höhle des "Camp des Aigles" der Fall war. Mein Schatz an spirituellen Erfahrungen ist so reichhaltig, so beeindruckend; ich habe diese aber immer voller Dankbarkeit als Geschenke von Ihnen, als Antworten, als Lernimpulse und Aufgaben, die von *Ihnen* kamen, empfangen.

Ich hoffe so sehr, dass meine Entscheidung, mich nun ganz alleine auf die Inhalte des Werkes "The Cloud of the Unknowing" zu "beschränken", kein bloßer Willkürakt ist und dass ich Sie auf diesem Weg, der nichts duldet zwischen der Seele und Gott, doch weiterhin als Archetypus des Heiligen in meinem Herzen tragen darf, als eine für mich so hilfreiche, segensvolle Begegnung, in der sich für mich das Göttliche in so edler, verehrungswürdiger Weise verkörpert: in einem wahrhaft schönen Menschen.

Und Pir antwortet im folgenden Keeping in Touch-Letter mit einer Begriffskorrektur:

Gott als Archetyp, der Mensch als Exemplar.

Sein Brief beginnt mit den Worten: "Auf die Frage, wie man Gott kennen lernen könne, antwortete Ibn' Arabi: "Man weiß über den Archetypen (Gott) nur das, was von ihm im Exemplar sichtbar wird." Diese Betrachtungsweise vermittelt uns eine neuartige Beziehung zu dem, was wir uns unter Gott vorstellen. Die Übungen, die wir machen, dienen dazu, dass wir lernen, in unseren persönlichen Eigenschaften die göttlichen Qualitäten, die sie sichtbar machen, zu erkennen. Anstatt uns als Zelle des einen großen Körpers zu sehen, können wir uns als Exemplare eines Archetypen betrachten - Exemplare, die alles, was das Urmodell enthält, in sich tragen. Dies führt zu einer völlig anderen Beziehung zu der Ganzheit, die wir Gott nennen."

"Wenn Sie das Leben als Objekt Ihrer Meditation betrachten, werden Sie einen hohen Grad an Verwirklichung erreichen und die Gesetze verstehen, die Sie durch Ihre Handlungen und Gedanken in Gang setzen."
(Pir Vilayat I. Khan)

"Do Not Follow
In The Footsteps Of The Men Of Old
Seek What They Sought"
(Zen-Spruch)

Abschied

Ein Jahr später packe ich noch einmal meine Zeltausrüstung zusammen und fahre in den Tessin zu Pir Vilayat.

Um mit meiner Orientierungshilfe "Die Wolke des Nichtwissens" nicht ganz alleine zu experimentieren, besuche ich die Andachten einer kleinen Quäkergruppe, weltoffene, sehr differenzierte Menschen, die auf alle äußeren, spirituellen Hilfestellungen, Vermittler und Glaubensbekenntnisse verzichten und nach innen lauschen, auf das "innere Licht", auf Gott, warten. Ihre radikale Konsequenz, die sie aus dem Neuen Testament ziehen, ist imponierend. Sie nennen sich "Freunde", ein Begriff, der mir ja sehr vertraut ist; das Zentrum ihres Sehnens ist, wie bei allen christlichen, sufischen und chassidischen Mystikern, das Herz. Hier finde ich eine Verbindung von Zen-Praxis und Herzensmystik.

Und Pir unterstützt diese neue Orientierung, als ich ihm erwartungsvoll gegenübersitze. Immer wieder lässt er uns durch bestimmte Übungen versuchen, das eigene innere Antlitz wahrzunehmen: "Wenn Sie Ihren himmlischen Gegenpol kennen, brauchen Sie bestimmte Qualitäten nicht mehr auf einen Lehrer zu projizieren. Außerdem, wir haben den, den wir lieben, in uns. Wir durchdringen einander. Denken Sie an die Gesetze der Affinität, Resonanz und die Gewissheit der Einheit!"

Das ist recht deutlich, verstärkt durch die Feststellung, dass Pir mich keines Blickes mehr würdigt, selbst wenn ich mich unmittelbar vor setze, ihm vor dem Zelt begegne.

Beim letzten Universellen Gottesdienst, an dem ich teilnehme, sitze ich Pir diagonal gegenüber. Nun schaut er zu mir herüber und ich denke und frage: "Pir, was oder wen sehen Sie eigentlich, wenn Sie mich anschauen?"

Später, in der ersten Nacht zu Hause, habe ich folgenden sehr deutlichen Antwort-Traum: Ich sehe mich von der räumlichen Perspektive aus, aus der Pir zu mir herübergeschaut hatte und erblicke eine Frau mittleren Alters mit weißblondem Haar, reinweißem Gesicht und großen ernsten Augen. Diese Augen sind wie Spiegel, klar und wahrhaftig.

Beim Verlassen des Camps kommt es noch einmal zu einem unerwarteten Treffen mit meinem Lehrer: Mit dem letzten Gepäckstück steige ich den steilen Hang zu meinem Wagen hinunter, vorsichtig auf jede Wurzel und die Felsbrocken auf meinem Weg achtend. Da ertönt ein Hupen von der Straße her. Der Fahrer des campeigenen VW-Busses war beim Wenden gegen die Hupe gestoßen. Neben ihm sitzt Pir. Er beugt sich nach vorne, um mir zuzuwinken, und mein Lehrer ist der Letzte, den ich beim Verlassen des Camps grüße. Erfreut, aber auch mit Wehmut, winke ich zurück. Vor Augen habe ich ein unvergessenes Bild: Pirs Winken in seiner Höhle im "Lager der Adler."

"... die wichtigste Arbeit [des Lehrers] ist abgeschlossen."
(Pir-o-Murshid Hazrat Inayat Khan; s.S. 40)

Danach geht es mir so:

"Der Freund erprobte die Liebe,
ob sie in seinem Herzen bliebe,
wenn er nicht des Geliebten gedächte.
Darum hörte sein Herz auf zu gedenken,
die Augen stellten ihr Weinen ein,
und die Liebe war zu nichts geworden.
Zurück blieb der verstörte Freund,
der die Leute fragte,
ob sie die Liebe gesehen hätten."
(Ramon Llull)

ENDE

"Die beste Übung, das Ego aufzulösen, ist der "göttliche Blick" durch mich. So entsteht Kreativität. Um neue Spuren im Gehirn zu erzeugen, muss man alles vom göttlichen Standpunkt aus sehen."
(Pir Vilayat I. Khan)

Kreativität

20 Jahre kenne ich meinen Lehrer nun schon. Warum gelingt es mir nicht, die in dieser Zeit gemachten Erfahrungen von Heiligkeit, Liebe, Schönheit und Dankbarkeit aufzuschreiben? Sobald ich versuche, sie in Worte zu fassen, überfällt mich eine lähmende Müdigkeit, die zu Papier gebrachten Sätze klingen schwerfällig und unlebendig. Es will mir nicht gelingen, Träume, Visionen, übersinnliche Erfahrungen in Worte zu kristallisieren.

Pir hält sich zwischen Weihnachten und Neujahr im Odenwald auf und bietet - wieder einmal - ein Seminar zum Thema "Kreativität" an. Ich habe diesen Begriff bisher nie mit meinen Anliegen an Pir in Verbindung gebracht und Kreativität als eine Angelegenheit für Künstler betrachtet. Was hat das mit mir zu tun? Meine seelisch-geistigen und sinnlichen Bedürfnisse suche ich auf der spirituellen Ebene zu befriedigen und das ist mir bisher auch recht zufriedenstellend gelungen. Warum aber ist all dies zum Stillstand gekommen?

Ich beschließe, in den Odenwald zu fahren, mich dem Blick Pirs auszusetzen, es auszuhalten, zugeben zu müssen, dass ich allein - noch - nichts erreicht, keine Fortschritte gemacht habe, dass es mir nicht gelungen ist, "leer" zu werden für das Göttliche.

Das Seminar neigt sich dem Ende zu. Pir hatte in seinen Vorträgen das Spezifische der Sufi-Meditation hervorgehoben, die gezielt mit der Imagination und der Emotion des Herzens arbeitet im Gegensatz zur Zen-Praxis, die ein Leerwerden von Bildern und Emotionen anstrebt. Auch der sufische "Herzensweg" führt zu den kostbaren Augenblicken der so genannten Nu-Erfahrung, des Im-Augenblick-Seins, den die Zen-Buddhisten das Im-Hier-und-Jetzt-Sein nennen, während Pir das Überall-und-Immer bevorzugt. Er verändert den Menschen - unmerklich für die Augen einer argwöhnischen Umwelt - und bereitet ihn auf das große Erlebnis der Freude vor, das ihm entgegengeht.

Unerwarteterweise bietet Pir eine der immer seltener werdenden Stille-Meditationen an und viele seiner Schüler wissen, dass das die Chance für sie ist, sich mit Fragen und Bitten an ihren Lehrer zu wenden.
Pir (lächelnd): "Einige von Ihnen benötigen einen emotionalen Push. Denken Sie bitte intensiv an Ihren Ursprung und daran, was Ihre Aufgabe in diesem Leben ist."

Ach, Pir, genau das weiß ich eben nicht! Hoffnungsvoll schließe ich die Augen, mache mich leer für meinen Lehrer, bin ganz Empfängerin und ... nehme nur störende Geräusche in meiner Umgebung wahr.

Enttäuscht fahre ich nach Hause, verbringe noch ein paar Tage mit F., einer Freundin, die mir begeistert von ihren spirituellen Erfahrungen im Zen-Kloster von Baker-Roshi berichtet: der Erfahrung von Liebe, die aufstieg, sie einhüllte und heilte.

Kaum ist F. abgereist, verändert sich mein Leben. Eine Künstlerin, ehemalige Sufischülerin, besucht mich und verrät mir einen Weg, Zugang zu meiner Kreativität zu erhalten.* Innerhalb weniger Monate fange ich an zu dichten, in einer Weise, wie ich sie nie für möglich gehalten habe: sinnlich, kraftvoll, naturbezogen. Ich schreibe in kurzer Zeit einen 10-teiligen Erdmutter-Zyklus, der das Wesen des Weiblichen in den Formen der Natur, in Naturereignissen und den unzähligen Arten des Frauseins widerspiegelt. Staunend betrachte ich, was da aus mir herausgeströmt, durchgebrochen ist. Da erinnere ich mich an meinen jahrelangen Wunsch, meine spirituellen Lichtblicke aufzuschreiben, diese Art von Lehrer-Schüler-Beziehung, wie ich sie erfahren habe. Ich versuche, die Einweihungsbilder, die Pir als archetypische Erfahrung beschrieb und bestätigte, in Gedichtform zu bringen. Es gelingt, wenn auch in einer etwas prämodernen Weise, zu der ich mich in *diesem* Kontext gerne bekenne.

* s. Literaturliste: Julia Cameron

Die Quest

Es ist ein geheimnisvolles Ahnen in mir,
ein verheißendes Raunen im Blut,
ein Ziehen in der Brust,
ein leiser, süßer Schmerz.
Ein sanftes Berühren der Schulter:
Mach dich auf den Weg!

Ich frage und suche
nach dem Antlitz
in einem Spiegel:
lächelnd und klar,
nach der Magie einer wundersamen,
unvergessenen Melodie
voller Anmut und Kraft,
dem Aroma einer Speise,
die nur seltene Zungen gekostet.

Ich suche den "verborgenen Schatz"
unter der niedren Tamariske,
in der Reinheit des Tautropfens,
im Gewitterleuchten auf Buchen und Pappeln,
Ich suche das Wunder
im Blick des Kindes,
in der Choreografie der Planeten
und entdecke nur
schleierzarte, lockende Spuren.

Pilger suchen den Schatz
an Orten der Kraft,
zu denen Karawanen ziehen,
zum Stern über dem Mond,
zum Stern über dem Kreuz.
Andere, gezogen von der Reinheit
des Schnees heiliger Berge,
suchen ihn in deren Frieden
und Erhabenheit.

Auch ich wandre auf dem Mäanderpfad,
lege mein wundes Herz
in die Hände eines Lehrers,
erhebe mich zu Flügen,
sehe die Heimat,
die Quelle und das Meer,
lerne die Bitte
und das Gebet,
lerne das Lauschen
und das Entziffern der Antwort
an der Leinwand der Welt
und
die Hingabe
an den göttlichen Wind.

Ich schaue das Kleinod
im Spiegel des eigenen Herzens,
in dem das wahre Antlitz lächelt.
Die Augen sehen Lichtfülle und Schönheit
ohne die Nervenenden der Sinne.

Die Seele findet -endlich- das Juwel
an einem Ort ohne Worte.
Die Antwort der Frage ist dieser Ort
der geöffneten Herzen,
einladende Tore,
durch die ein jeder treten kann,
ohne anzuklopfen,
an dem eine jede ihre Schale gefüllt bekommt,
die leicht zerbrechliche
und die große weite,
aus der sie trinken darf
soviel sie will und kann:
Freude, Weisheit und Liebe.
An diesem Ort der Wahrheit.

Nachwort:

Mein Lehrer

Braucht man einen Lehrer? Ich kann diese Frage nicht allgemeingültig beantworten. Es gibt Menschen, die eine tiefe Sehnsucht nach einem geistigen Lehrer oder Mentor in sich tragen. Dieses starke Sehnen und Lernenwollen zieht den rechten Lehrer an. Dann ist es die eigene innere Führung, die dies bewirkt. Der Lehrer oder die Lehrerin verkörpert in der Regel die Eigenschaften, die man zutiefst verehrt und die den Aspiranten bereit machen, in einen Prozess der Erziehung der Psyche einzutreten. Für beide, Schülerin wie Lehrer, bedeutet die gegenseitige Annahme ein ständiges Überprüfen der Kräfte. Der Lehrer wird vor allem in seiner Liebe und Geduld geprüft. Er muss die Zweifel, negativen Projektionen, den Argwohn aushalten und nicht zuletzt dem ungeduldigen, leidenschaftlichen Drängen des Schülers nach "Erleuchtung" Maß und Stärke entgegensetzen.
Der Schüler wiederum durchleidet immer wieder Phasen der Dürre und der "dunklen Nächte", in denen er in seiner Ernsthaftigkeit und Beharrlichkeit getestet wird.

Ich habe - wenn es um spirituelle Inhalte geht - ein sehr emotionales, forderndes Temperament, das mit seinem Drängen, Unmut und seiner Ungeduld die Sensibilität meines Lehrers, Pir Vilayat, nicht selten empfindlich störte. Ich wusste, wie gern er Wünsche erfüllt, mir Geschenke machte, die mir kostbarer waren, als materielle Güter. Seine liebevolle Geduld bewirkte es eines Tages, dass ich bereit war, mich ihm zu überantworten, mich nicht einzumischen. Die Zeiten,

in denen mir dies gelingt, sind die glücklichsten Momente meines Lebens.
Pir respektierte den geringsten Widerstand und wartete. Nur einmal habe ich tiefe Trauer in seinen Augen erlebt, als ich mich verweigerte (s.S.140). Vom Strahlen und der Freude in Pirs Blick ist in diesem Buch immer wieder die Rede und ich bin überzeugt, dass nur ein freier Mensch so tief Trauer empfinden und so voller Freude sein kann, wie ich das bei meinem Lehrer erlebte.
Wann hat sich eine Lehrer-Schüler-Beziehung erfüllt? Verabschiedet ein Lehrer seine Schülerin, damit diese auf eigenen geistigen Füßen stehen und sich das Gelernte im Alltag bewähren kann?
Pirs Aufgabe ist die Aufgabe aller rechten Lehrer/innen: den Schüler zu befähigen, sich auf dem Weg der Gott-Verwirklichung der inneren Führung anzuvertrauen, in ihm das Vertrauen in die eigene spirituelle Kraft zu stärken, die ihn weitertreibt und ganz sicher nicht am Kuttenzipfel des Lehrers hängen bleiben lässt. Der Kontakt zum spirituellen Lehrer hat ohnehin Ewigkeitscharakter.
Das, was für den Einzelnen wesentlich für seinen Bewusstseinsprozess ist, wird ihm zwischen den Worten vermittelt: durch neue Lernimpulse, die der Lehrer in seiner Psyche setzt, durch besondere Situationen, die dem Schüler etwas verdeutlichen sollen, durch Bilder und Träume, vor allem aber durch seinen Anblick. Das Antlitz des Lehrer wird zur Verkörperung von Schönheit, Weisheit und Liebe und vermittelt der Schülerin allein durch diese Betrachtung, worum es in diesem Lernprozess primär geht: um ein Zulassen des Göttlichen in der eigenen Psyche. Mystik, die Offenbarung des Göttlichen im Einzelnen, ist nicht lehrbar.

Die sufische Lehre studierte ich als einen Weg, der andere Lehren ergänzt und erweitert. Die zahlreichen Techniken und Übungen betrachte ich als nützliche Angebote, Körper und Psyche zu sensibilisieren, bereit zu machen für die Entwicklung und Erfahrung innerer "Sinnesorgane". Das Wachhalten der Sehnsucht nach Freiheit, nach Klarheit der Gedanken und Gefühle, der Sinn für das Heilige in mir und in der Schöpfung und die Hoffnung auf die ganz große Freude, die den Schmerz umarmt, das verdanke ich meinem geliebten Lehrer

Pir Vilayat Inayat Khan.

Literaturhinweise:

(Eine ausführliche Bibliografie zum Thema Sufismus finden Sie in Pir Vilayat I. Khans Buch: "Das, was durchscheint ... ")

Sri Aurobindo: Synthese des Yoga, Hinder&Deelmann, 2000
- Aurobindo oder Das Abenteuer des Bewusstseins von Satprem, Hinder & Deelmann, 1998

Bhagavadgita, Das Lied der Gottheit, Reclam

Cameron, Julia: Der Weg des Künstlers, Knauer Tb.; (empfehlenswerter ist die englische Ausgabe: The Artist's Way, PAN-Books, UK)

Graf Dürckheim, Karlfried: Der Ruf nach dem Meister. Die Bedeutung geistiger Führung auf dem Weg zum Selbst, O. W. Barth Verlag

I Ging, Text und Materialien, übersetzt von Richard Wilhelm, Diederichs Verlag

C.G. Jung: Erinnerungen, Träume, Gedanken von C.G. Jung, aufgezeichnet und herausgegeben von Aniela Jaffé, Walter-Verlag

Khan, Pir Vilayat Inayat: Sufismus - Der Weg zum Selbst, Stufen einer mystischen Meditation, 1975, vergriffen
- Der Ruf des Derwisch, Synthesis Verlag, 1985
- Das, was durchscheint durch das, was erscheint, edition nada, 1998
- Erwachen, Eine Sufi-Erfahrung, Goldmann, 2000

Kumar Roy, Dilip: Sri Aurobindo kam zu mir, FiTb, 1978 vergriffen

Kreuz, Johannes vom: Sämtliche Werke

Osho/Bhagwan Shree Rajneesh: Journey Towards the Heart, Discourse on the Sufi Way, Harper&Row, New York, 1976

Naimy, Mikhail: Das Buch von Mirdad, Irisiana Verlag, 1977

Rider-Tarot-Deck von Arthur Edward Waite
Die treffendsten Schlüsselworte für die Deutung fand ich bei Hajo Banzhaf)

Steiner, Rudolf: Philosophie der Freiheit, Verlag Freies Geistesleben,

Tweedie, Irina: Wie Phönix aus der Asche, Mein Abenteuer der Selbstfindung auf dem Weg der Sufis, Rowohlt, 1996
- Der Weg durchs Feuer, W. Ludwig, 2000

Underhill, Evelyn: Mystik, Entwicklung des religiösen Bewusstseins im Menschen, Turm Verlag, 1928

Die Wolke des Nichtwissens, übertragen und herausgegeben von Wolfgang Riehle, Johannes Verlag, 1982, 2.A.

Zorer, Birgit: Erdmutter, Verlag Czernik/Edition L, 68766 Hockenheim, 1997

Adressen:

Sufi-Order International
c/o Zahir Roers
23, rue de la Tuilerie
F-92150 Suresnes
Frankreich
e-Mail Zahir@Compuserve.com
T. 0033-1-47284846

Internationaler
Sufi-Orden Deutschland e.V.
Geschäftsführung und Sekretariat:
Dr. K.-P. Jabir Dostal
Otto-Adam-Straße 14,
04157 Leipzig
e-Mail: Sekretariat@sufiorden.de
Internet: www.sufiorden.de
T. 0341-5641638

Religiöse Gesellschaft der Freunde (Quäker)
Quäkerbüro
Plankstraße 20
10117 Berlin
T./Fax 030-2082284

Internet: www.quaeker.org

Birgit Zorer
e-Mail: BirgitZorer@aol.com